T0245688

Galería de títeres

Galería de títeres

Guadalupe Amor

Lumen

narrativa

Galería de títeres

Primera edición en Penguin Random House: agosto, 2024

D. R. © 1959, 2024, Pita Amor
D. R. © 1959, 2024, herederos de Pita Amor, por la titularidad de los derechos patrimoniales

D. R. © 2024, derechos de edición mundiales en lengua castellana:
Penguin Random House Grupo Editorial, S. A. de C. V.
Blvd. Miguel de Cervantes Saavedra núm. 301, 1er piso,
colonia Granada, alcaldía Miguel Hidalgo, C. P. 11520,
Ciudad de México

penguinlibros.com

D. R. © 2024, Michael K. Schuessler, por el prólogo

ISBN: 978-607-384-862-6

Prólogo

Guadalupe Amor, autora de una veintena de céle-
bres poemarios, escribió solamente dos libros en
prosa: la novela semiautobiográfica *Yo soy mi ca-
sa* (1957) y la colección de cuentos *Galería de títeres*
(1959), ambos editados por el Fondo de Cultura
Económica en su colección Letras Mexicanas. Si
bien esta misma editorial reimprimió su única no-
vela para conmemorar el centenario de su natalicio
en 2018, esta es la primera vez que se vuelve a im-
primir su libro de cuentos desde su aparición hace
ya 65 años. En 1959, Pita —como es mejor cono-
cida por su público lector— tenía 41 años y ya era
un personaje a la vez elogiado y reprendido de la
escena literaria mexicana. Tiempo atrás, sus prime-
ros libros de poesía habían provocado uno que
otro escándalo, no necesariamente por su conteni-
do, sino por el hostigamiento constante de parte

de algunos miembros de la élite intelectual de su época, que dudaban que una mujer tan «bella», tan «mundana», tan «voluble» y tan «superficial» fuera capaz de pergeñar los insondables versos que conforman poemarios ahora emblemáticos como *Polvo* (1949) y *Décimas a Dios* (1953), este último uno de los ejemplos más representativos de la persistencia del misticismo en lengua española y una obra que, en España, mereció comparaciones con las obras de Santa Teresa de Ávila y San Juan de la Cruz. El mismo año en que salió de la imprenta este asombroso libro de cuarenta cuentos, algunos verdaderos «microrrelatos» con menos de una página de extensión, Amor también publicó un delgado tomo intitulado *Todos los siglos del mundo*, un libro de cincuenta décimas que, según la presentación en la solapa, constituye una «obra de variadísimos matices humanos en donde cada letra refleja disimulada el fervor de la sangre», característica que, como se verá, comparte con algunos cuentos incluidos en su *Galería de títeres*.

Según la autora, esta colección originalmente se iba a llamar «Inventario de arrugas», título que refleja nítidamente los temas «femeninos» que abarca la mayoría de sus ficciones: la vejez, la soledad, la decadencia, la domesticidad, el abandono masculino, etcétera. No obstante, al incluir textos de temas tan disímiles como la pobreza, la homosexualidad, el onanismo, el lesbianismo, incluso una inaudita manifestación de la coprofilia, su autora escogió otro título: *Galería de títeres*, frase que describe muy bien la manera en que todos los personajes incluidos en el libro, tanto masculinos como femeninos, pero femeninos en su mayor parte, son manipulados por ocultas fuerzas que se imponen, muchas veces a través de los modales religiosos y sociales de la época en que les tocó vivir. Una de las primeras referencias a este proyecto literario viene de boca de la misma autora quien, en una entrevista con Marcela del Río, aparecida en *Excélsior* («Diorama de la Cultura») el 23 de agosto de 1959, anuncia que:

Tengo un libro de relatos breves ya terminado y aún no publicado. Es la primera vez que escribo en tercera persona, se trata de una serie de cuarenta relatos muy despiadados, muy impíos, sobre temas crudos de la vida; con personajes que más que luminosidad padecen positivos derrumbamientos espirituales, pensé llamarlo «Galería de títeres», pero ese nombre es un poco frívolo, quizás le llamaré mejor «Inventario de arrugas», porque es más un inventario de disfraces humanos, en donde mis personajes son torturados por las arrugas de su decadencia física y moral.

Si consideramos la época en la que apareció este valiente y provocador libro, una que se definía por el catolicismo imperante, el machismo, el conformismo y el miedo al «qué dirán», no sorprende que los temas «incómodos» que abarca llegaran a ofender a algunos lectores, entre ellos la poeta y crítica literaria costarricense Eunice Odio, quien en una reseña publicada en la revista *Cuadernos* (1960) ataca con saña el más reciente libro de Guadalupe Amor. En su artículo «Guadalupe Amor: *Galería de títeres*», Odio arremete, con actitud puritana en exceso —y haciendo gala de su apellido— la «ofensiva» temática de estos cuentos:

Este volumen [...] reúne cuarenta (¡cuarenta!) trabajos de difícil clasificación. No son cuentos, relatos o fábulas. ¿De qué se trata, entonces? Algunos, como «El pobre», casi logran calidad de gacetilla edificante, o de prurito psicológico de alguna revista para señoras. No obstante, esforzándose algo, se llega a caer en la cuenta de lo que realmente son las prosas de Pita Amor. Son, ni más ni menos, chismes de diversos materiales y del peor gusto. Homosexuales, matronas, amantes frustrados desfilan por el libro, no como una galería de títeres —¡ojalá que fueran!—, sino como una colección de trajes y de sombreros pasados de moda. Ahí nada se salva. Ni las tontas avivadas, ni las escenitas tan repugnantes...

Muy distinto resulta el dictamen del cuentista y galeno veracruzano Juan Vicente Melo. Su reseña, publicada en la revista *Estaciones* de 1960, parece ser una respuesta directa a las sesgadas diatribas de Odio:

Galería de títeres es su segundo libro en prosa. Desde *Yo soy mi casa* (1957), la primera obra en que abandona décimas y liras, podía advertirse un lenguaje simple, directo, limpio, y un definido talento narrativo a pesar de la natural tendencia a la figura retórica, a la excesiva mezcla de recuerdos envueltos en un tono pretendidamente novelesco. Mas ahora, con estas cuarenta brevísimas prosas, Guadalupe Amor se ha limpiado de las primeras asperezas y se presenta dueña de su oficio, de exactitud en la palabra y en el toque ambiental, de una perspicacia y una hondura en la observación de la dinámica emocional de sus criaturas que hacen de este volumen el mejor que ha escrito hasta el momento... Observados con toda intensidad en ese fragmento de sus existencias, las terribles criaturas se mueven en páginas mínimas de espacio y tiempo, actitudes y vivencias que no exceden del retrato de instantánea o de la estampa. Un hilo común las sostiene: la presencia constante de la fatalidad, la rebelde inconformidad por sus pequeños dramas, el horror continuo por la irremediable senilidad, la nostalgia de la juventud y la comprobación ininterrumpida de la decadencia física, el aprendizaje de la muerte...

Femeninas son estas prosas de Guadalupe Amor; pero en ellas «lo femenino» no es sinónimo de ripio, de lugar común, de cursilería o sentimentalismo, de melodrama lacrimógeno o de sensibilidad epidérmica: es hoguera que consume todas las esperanzas, generadora de todas las muertes.

De las cuarenta ficciones que conforman este libro, varias merecen una especial mención por lo actual que resultan sus (en aquel entonces) osados temas, temas que adelantaron con muchos años algunas tendencias literarias de finales del siglo XX y principios del XXI. En orden de aparición, el primero de estos es «La señora Yamez», que en menos de tres páginas explora la extraña relación entre una viuda de sociedad, católica a ultranza, pero económicamente venida a menos, quien «a falta de recursos para actividades costosas, tenía que convivir con su sirvienta». Si bien es cierto que en privado la señora Yamez muestra una personalidad inestable que se percibe en la manera casi esquizofrénica que da órdenes a su «criada», en sus noches de soledad todo cambia y la señora Yamez le pide a Francisca que le seque los sudores de su cuello, que le frote la rodilla, esto en medio de confesiones íntimas como «Yo la quiero a usted como una hermana» y «¿Verdad que nunca me abandonará?».

En «El casado» las insinuaciones de una oculta relación homosexual entre dos personajes masculinos sale a la luz del día y está enmarcada por el intenso temor de ser descubiertos, revelando así su «doble vida», una existencia que será disfrazada gracias al matrimonio heteronormal del protagonista. En este caso la acción gira alrededor de los ojos penetrantes de una elegante señora que frecuenta el restaurante y que «sabía mirar».

En «Televicentro», un microrrelato de apenas una página y media, atestiguamos el amor incondicional que profiere una mujer que limpia los baños de este negocio hacia el excremento porque —en un giro inopinado— «hasta llegaba a sentir bonito al tocar la porquería blandita [porque] me acordaba de la cabecita de mis hijos cuando recién nacidos».

Tal vez uno de los cuentos más irreverentes incluidos en este volumen sea el de «Raquel Rivadeneira», la historia de una mujer madura que ante la falta de interés por parte de los hombres, se deja seducir por una mujer mayor de aspecto masculino que la colma de flores y otros regalos. Sin embargo, Raquel no acepta sus antes ignorados deseos y en más de una ocasión rompe con su amante solo para volverla a buscar: «pero el tiempo conspirador pasaba y Raquel volvía a amortajarse de soledades y, devastando sus principios, imploraba a su amiga que de nuevo viniese a visitarla».

En «La cómplice», narración escrita en primera persona y en forma de una confesión innombrable, la anónima protagonista revela el haber asistido a morir a tres mujeres amigas suyas que sufrían por diversos motivos, por ejemplo, la pérdida de sus encantos femeninos o de un fuerte desengaño amoroso: según ella, su «amistad, aunque íntegra, era demasiado tenue junto a sus padecimientos». En este relato Guadalupe Amor diserta sobre un polémico tema social —la eutanasia— que tardaría décadas en surgir y ser debatido para —en algunos países y por ciertos motivos— llegar a ser legal.

Para terminar esta breve introducción al ambiente a veces lascivo, a veces miserable, y a veces sórdido del universo cuentístico de Guadalupe Amor, recupero un texto de José Emilio Pacheco largo tiempo olvidado pero que arroja mucha luz sobre la naturaleza de estas breves composiciones[1]. Su reseña de *Galería de títeres* consta de apenas cuatro párrafos y apareció el 7 de febrero de 1960 en el suplemento «México en la cultura» del periódico *Novedades*. En pocas frases Pacheco resume la creación prosística de Guadalupe Amor al contemplar sus dos obras pertenecientes a este género:

Desde 1957, sin detrimento de sus labores poéticas, Guadalupe Amor ha dedicado a la prosa sus intenciones expresivas. *Galería de títeres* sucede a *Yo soy mi casa*, una serie de estampas próximas al relato novelístico, editada en la misma colección que hoy

[1] Quisiera agradecer a Laura Emilia Pacheco y a su asistente Jesús Quintero el haber buscado y compartido este y otros valiosos textos escritos por José Emilio Pacheco dedicados a la vida y obra de Guadalupe Amor.

recoge estas cuarenta prosas, en su mayoría estampas o pequeños retratos.

Los personajes están caídos en una realidad áspera, amarga; sus pequeños dramas recorren los aspectos más desolados de la experiencia humana. Los títeres de esta galería son seres deformes, reflejados en un espejo cóncavo. Profundamente femeninas, las prosas nos traen a un mundo devastado por la fatalidad. Sin embargo, un poco de luz cae sobre ciertos fragmentos y procura páginas tan tiernas como «El lago», que tal vez sea la mejor del libro.

Víctimas de sus instintos, como Margarita Montescos que a los setenta años sigue aferrada a las costumbres de su juventud; como esa madre de familia que en medio de la ajetreada placidez de su hogar siente cómo rebullen sus inexpresables deseos. Otras tan solas como esa cuya única compañía es el olor que brota de su cuerpo, como la que sube los escalones con el corazón animado solo por la fatiga. El tiempo, la carne, la desesperación, la ruina siguen siendo los temas de Guadalupe Amor. En este su mejor libro los expresa por medio de un lenguaje que a la sencillez aúna la exactitud y hace que muchas de sus páginas alcancen jerarquía poética y que todas den la impresión de transmitirnos hechos vividos, observados, soñados.

Con la reedición de este libro, olvidado por más de seis décadas, la editorial Penguin Random House a través de su sello Lumen rescata una obra notable de una mujer y una escritora cuya reputación seguramente la precede.

MICHAEL K. SCHUESSLER
Universidad Autónoma Metropolitana, Cuajimalpa

La confesión

Fíjese usted, padre, que cuando ceno poco creo en Dios.

—Pero, hija…

—Sí, padre, si me acuesto temprano y solamente he tomado alimentos ligeros, tengo una paz que me ayuda a creer en la existencia de Dios. En cambio, si como fuerte por la noche, ¡ay, padre!, no duermo bien y entre el insomnio empiezo a pensar que no es posible que Dios exista. Que es absurdo creer en un más allá como no sea el de los infinitos planetas. Que solo creo en este más acá de mi pobre estómago.

—Hija, esas son blasfemias…

—Padre, ¿y lo otro no son embustes? Cómo es posible que Dios me haya criado, y me piense y me deje tan sola que ni siquiera se compadece en esos momentos en que mi mala digestión me está haciendo pasar el infierno. Por favor, padre…

—Hija, hijita, cálmate. No está bien que pienses así; no es debido indagar tanto la fe…

—¡Ay, padre! Yo he sido siempre buena católica; desde que tuve uso de razón, pero ¿cómo quiere usted que no piense así, cuando después de batallar todo un día con mis hijos, con mi marido y con las criadas, voy a una reunión de amigos y trato de descansar gozando un poco la cena y las copitas y me pasa lo que acabo de contarle?

—No, hija, no. Comas lo que comas Dios es Dios.

—Sí, padre, claro está que Dios es Dios, pero mi mala digestión entorpece su tránsito y yo sin él no tengo vigor suficiente para continuar la lucha por la vida...

—Hija, es que Dios no se oculta porque tu digestión sea mala. Se oculta porque has cometido el pecado de gula al comer con exceso.

—Pero, padre, usted dice que también es pecado hacer demasiado el amor, y fíjese que cuando yo lo hago frecuentemente me siento más tranquila y creo más en Dios y todo lo veo como más bueno.

—Hija, hijita, tú estás mal. Tienes que arrepentirte de pensar así.

—Padre, sería falsedad arrepentirme si no lo siento. Yo no creo que Dios ame la hipocresía. Yo, padre, no le hago daño a nadie, cuido a los míos, los aconsejo lo mejor que se puede y no me gusta criticar. Ayudo a todo el que puedo y solo tengo paz cuando como ligero y a mis horas, y sobre todo cuando respiro aire puro. Entonces sí que siento a Dios. Mucho más que si me meto a la iglesia, donde no puedo ni rezar entre tanta gente y tantos olores contrariados.

—Hija, hija…

—Sí, padre, me desagradan los malos olores de la gente pobre.

—Pero, hija, eso no es caridad para con tus semejantes…

—Ay, padre, yo pienso que no son tan mis semejantes. Los veo como animalitos sucios…

—Eso es falta de caridad, cállate, no hables así…

—Pero si no dejan de darme lástima; lo que sucede es que yo hago demasiados esfuerzos por

conservar la higiene de mi hogar, y la iglesia, pa-
dre, está a veces tan desaseada…

—¡Hija, que estás en la iglesia!

—Sí, padre, me arrepiento de todos mis malos
pensamientos. Voy a procurar comer muy ligero
de hoy en adelante.

La señora Yamez

Desde su robusta altivez cubierta de seda negra sostenía con arrogancia una moral inalterable.

Jefa de una de las más prestigiosas sociedades caritativas de la ciudad, se sentía con la obligación intermitente de dar buenos consejos.

Había logrado convencer a sus hijos desde temprana edad, y sin tener tiempo de meditarlo mucho, para que ingresaran en diferentes órdenes religiosas.

Sentía su dolorosa viudez compensada con el prestigio espiritual de tener un hijo capuchino, otro jesuita y a su niña de novicia en una orden silenciosa.

Habitaba aún la casa matrimonial, único vestigio de sus años de esplendor y de abundancia.

Vivía acompañada de un inapreciable portero y de una sirvienta que ejecutaba sus mandatos con ácida sumisión.

Sus solas ocupaciones eran las concernientes a la obra pía que encabezaba y la destilación constante de consejos ejemplares.

Por lo demás, quisiéralo o no, y a falta de recursos para actividades costosas, tenía que convivir con su sirvienta.

Frecuentemente la acosaba con frases paradójicas: «Francisca, no esté barriendo la escalera, tengo jaqueca y no me deja descansar». Y después de unos instantes: «Francisca, ¿por qué no terminó de barrer la escalera como se lo ordené?».

La sirvienta tomaba de nuevo la escoba: «Francisca, no vaya a salir ahora por el pan; estoy esperando un recado de la Acción Católica».

Y a los pocos minutos: «¿Por qué no ha ido por el pan? ¿No ve que van a cerrar la panadería y esta tarde tengo visitas?».

Al poco tiempo gritaba: «¡Francisca, Francisca! ¿Dónde está usted? Le he dicho que no se mueva de aquí».

Cuando llegaban sus invitadas a tomar el té, con la más falsa de las sonrisas daba órdenes a la criada aparentando tratarla con una armoniosa

mezcla de conmiseración y distinguido aleja-
miento.

Cuando quedaban solas volvía a sus titubeantes
mandatos: «¿Por qué no lavó esta mañana mis
guantes? ¿No ve que son los únicos blancos que
tengo?».

Y a la mañana siguiente: «Francisca, ¿dónde
están mis guantes blancos? Voy a salir y los necesi-
to. No me diga que los ha lavado. ¡Ande, dese prisa
y démelos aunque estén mojados!».

Caminaba unos cuantos pasos indecisos y:
«¿Francisca, dónde está usted? Venga a abrocharme
el corsé. ¿Por qué se tarda tanto? ¡Pero por Dios!
¿Cómo puede usted creer que voy a salir con estos
guantes húmedos? ¡Ande, ande, dese prisa! ¡Cui-
dado! No me apriete tanto la faja».

Y así se encadenaban los días entre eslabones de
insistencia de la señora Yamez.

Pero por la noche, en su alcoba de espejos mar-
chitos, su soledad le provocaba alarmantes sudores.
Entonces, con timidez convulsiva despertaba a
Francisca para que la acompañase. La hacía sentar-
se cerca de ella, y del mismo modo que sus carnes se

aflojaban sin recelo cuando se quitaba el corsé, se derrumbaban su orgullo y su despotismo.

—Francisca, estoy muy nerviosa. Límpieme el cuello que me suda tanto. Francisca mía, no sé cómo ha tenido usted corazón en separarse de mí. ¡Ay, por favor! Fróteme la rodilla del reuma. Yo la quiero a usted como a una hermana. ¡Tantos años viuda! Mis hijos… y el dinero que se necesita… y luego, Francisca, las intrigas de la Acción Católica… Pero la tengo a usted. ¿Verdad que nunca me abandonará?

La paciencia de Francisca lograba dormirla.

A la mañana siguiente, después de unas cuantas horas de reposo, renacía en ella su cotidiano temperamento.

«¡Francisca, Francisca! ¿No le he dicho que no barra a estas horas? No, no vaya a responderme mal. No olvide que no somos iguales. ¡Cuidado! Yo soy la señora Yamez».

El lago

Iban los dos por el camino largo presintiendo absorta y valientemente la vida. Sus gabancillos deslavados los cobijaban confundiendo sus sexos. Eran hermanos, niña y niño.

Él la protegía con la más desvaída de las ternuras.

Los había dejado el camión muy cerca del bosque y se dirigían a contemplar el lago. Subirse en una canoa hubiera sido para ellos la felicidad más completa, pero solamente llevaban lo preciso para el viaje de regreso.

Bajo las frondas agobiantes revoloteaban sus modestas sombras y sus ojillos de mirlo contemplaron las copas de los árboles. Al llegar al lago, él la ayudó endeblemente a encaramarse en el viejo barandal para contemplar mejor a los gansos y a los cisnes. Sus sombras delgadas se quebraron grisáceas, entrañablemente, en el agua.

El ajusticiado

Por fin, vaya, hasta que por fin me han traído en qué escribir. No, ya no se me ofrece nada. Estoy tranquilo y bien; por favor procure que no me molesten más. Déjeme escribir. Sí, creo que son suficientes estas hojas. Gracias.

Qué tranquilidad tan grande siento en estos momentos definitivos de mi vida. ¿De mi vida? De esta vida de 46 años donde el pensamiento de la muerte fue el más preponderante y continuo de mis oficios.

Es cierto que me ocupé desde niño en variados quehaceres, pero jamás ninguno logró desplazar mi obsesión. De muy joven mitigaba mi pensamiento de sus angustias la fe cristiana que me inculcó mi madre. Pero bien pronto perdí mis principios y, desarraigado de dogmas y de familia, me salí de mi tierra natal, Puerto Rico, para lanzarme en una serie de aventurados trabajos con los que pretendí, más que ganar la vida, escapar de mi mortuoria persecución.

Me metí de marino creyendo que la grandeza de las aguas ahogaría mi miedo. En vano. Pronto tomé terror al mar y su recuerdo movible multiplicaba mis temores.

Estuve en Panamá, en Honduras, en México, haciendo de todo: desde transportar bultos pesados en los muelles hasta vender corbatas pintorescas y modestas dosis de cocaína que emboscaba dentro entre la mercancía.

Ninguno de mis trabajos me permitió alejar de mí el pensamiento clave de mi vida. Cuando tomaba copas, mi congoja se acentuaba y el contacto con mujeres me producía, apenas pasado el supremo momento, temores indecibles. Al comer tenía la sensación de estar nutriendo a mis microbios, y el pensar que perdurasen más que yo me arrastraba a desesperaciones que iban hundiéndome en el insomnio.

Pensé no solo vender drogas, sino participar de su alucinante ponzoña.

Alcancé algunos momentos fascinadores, pero bien pronto tuve miedo y me alejé hasta del comercio de enervantes.

Conseguí empleo de mozo en un circo americano que visitaba México y pasé unas semanas entretenido con el rugir de las fieras, la extravagancia de los enanos y el centelleo de los trajes de los payasos. Quizás fueron los únicos días durante toda mi vida en que se nubló mi tortura.

El circo siguió su gira suprimiendo empleados, personal, y yo me colé en el contrabando de armas a Estados Unidos.

Cada vez que corría el peligro de ser descubierto mi obsesión desaparecía; pero después regresaba con una fuerza mayor, y mi salud dañada iba denunciándome en mi delgadez y en los surcos de mis mejillas que sentía juntarse dentro de mi boca.

No podía más, aquello era demoledor. Se acentuó con la idea de que cada día, cada hora, cada minuto o segundo que pasaba eran un segundo, un minuto, una hora, un día menos que yo vivía. El remate de mis angustias era prever, cavilar, sospechar de qué enfermedad iba yo a morir.

De qué enfermedad y dónde. Nadie me daría ni un vaso de agua.

Ni siquiera tendría sitio con mi nombre en el panteón.

Me estaba volviendo loco y no tenía valor para quitarme esa vida incrustada de muertes.

El cigarro y el aguardiente eran mis solos compañeros y los alimentos me provocaban mareos y dolores.

La piel se me iba poniendo parda y la idea de consultar a un médico me aterraba.

Cada mañana amanecía más torturado. De qué, de qué iba a morir y cuándo y cerca de...

Ya no pude más. Estaba en una cantinucha tomando y se me acercó un vagabundo semiebrio. Viejo amable y dicharachero, comenzó a contarme su vida. Lo invité a unos tragos que aceptó sonriente. Nos hicimos amigos y ya amaneciendo dejamos el tugurio.

Mientras bebíamos silenciosamente fui madurando mi plan con lucidez matemática.

Tomé las últimas copas ya sin miedo y sintiéndome libre de mi obsesión.

En efecto, no he vuelto a tenerla.

Al salir del bar abrazado del viejo sentía dicha, y apenas nos alejamos unos cuantos metros le di un golpe rotundo con una piedra que hallé a mano. El viejo dejó su última risa entrelazada con la sangre que manchó las piedras vecinas. No sufrió y se quedó mirándome como definitivamente agradecido.

Serenamente me dirigí por la noche solo, a buscar un teléfono.

Todo estaba cerrado y tuve que esperar a que amaneciera.

Me delaté en la jefatura de policía sin decir los motivos de mi crimen.

Me trajeron a esta cárcel y la sentencia no tuvo titubeos. A la cámara de gas por homicidio. Todo listo para el 14 de noviembre.

Qué fáciles fueron los dos meses antes de esta fecha. No volví a tener trastornos y mi apetito cambió pronto el color de mi piel.

Viví en la cárcel bien tratado y sin congojas; ya no tenía de qué preocuparme.

Antes de cometido el crimen me enteré bien de que en la cámara de gas no se sufría apenas.

Pasé unas semanas sin miedo y hasta estos instantes no he tenido ninguno.

Cuando me leyeron la sentencia me quedé tranquilo; más aún, lleno de paz.

Todos los empleados de la cárcel han sido muy gentiles conmigo y el confesor me ha hecho varias visitas rogándome que me arrepienta.

Agradezco su intención, pero no me arrepiento. Estoy sereno como jamás lo estuve. Ya no tengo miedo a morir y me llena de dicha saber que seré correctamente tratado en mis últimos momentos y que no tendré dolores, ni una larga agonía, ni nada de aquellas obsesiones que aluciné mientras estuve libre.

Faltan unas horas para que vengan por mí, y puedo decir que estoy satisfecho y libertado de todo pensamiento funesto.

El té de la ternura

Cuando siento esta vieja dolencia del hígado, mi mujer me da un té de cedrón y descanso. No sé qué tiene su mirada, habitualmente arisca, cuando viene con el cocimiento a sentarse cerca de mi cama. Yo tengo la impresión de que resucito y vuelvo a quererla. Vuelvo a quererla porque nuestra precaria vida mata todos los sentimientos amorosos que pueden existir en el hogar. Nuestros cuatro hijos aún no trabajan y ya dan muchas preocupaciones con sus necesidades ascendentes. Mi mujer siempre se está quejando de que no le alcanza el dinero para los gastos de la casa, y yo por más que trabajo y trabajo en mi empleo de ferrocarrilero no puedo proporcionarles a los míos todo el bienestar que quisiera.

Mi hígado es la víctima y el carácter se me hace amargo de tanto luchar para ver solamente malas caras y oír las discusiones de mis hijos que frecuentemente le faltan el respeto a su madre. Ella ya ni les responde, pero se le está poniendo la cara turbia de tanto contener las cóleras. Yo llego de mi trabajo exhausto y el panorama de mi hogar dista mucho de alentarme. La estrechez de nuestra vivienda, los ruidos constantes, las discusiones de mis muchachos y el terco ceño de mi mujer me están agrietando el carácter. Mi hígado es por lo tanto el recipiente de tantas contrariedades y, con frecuencia cada vez mayor, tengo que refugiarme en mi cama.

Entonces entra mi mujer con la tisana y todo cambia para mí. Como por milagro su gesto oscuro se despeja y me mira con unos ojos que, antes de tomar el té, ya me siento mejorado. Se me olvida de pronto toda la amargura que sufro desde hace tantos días, semanas, años, y la miro… La miro con su cara envejecida prematuramente, con su cuerpo descuidado y su ropa hace tanto tiempo no renovada, y me parece bonita. Entonces me gusta que ya no esté fresca y que de sus ojos sin importancia salga esa como lucecita. Y hasta me parece graciosa su boca, que ya empieza a hundirse. Me sigue dando el té y me mira no sé cómo. Como me miró mi madre, como ella misma miraba a nuestros hijos de pequeños, como me miró cuando nos hicimos novios y cuando ya en mis brazos aún no era mía. Y de pronto, mientras ella sigue dándome lentamente el té, yo siento que me alivio, que me voy a aliviar, que rejuvenezco, que volveré a tener fuerzas para trabajar, que no es verdad que mis hijos tengan el carácter tan variado y descompuesto, que a lo mejor mi mujer casi no me responde para que yo descanse de mis nervios. Que su verdadero modo de ser es este que tiene ahora para mí, cuando con la más grande ternura me da el té como si yo fuese el menor de todos nuestros hijos.

El collar

Desde muy jovencita mi ambición máxima fue tener un anillo con un brillante solitario, y dos hilos de perlas legítimas para mi cuello.

Realmente no me casé para tener hijos y mucho menos aún por querer a mi marido.

Él podía darme posición social y la oportunidad de que yo fuese una señora con mis perlas y mi anillo.

Pasé por alto su insignificantísima figura y hasta cierta repulsión que me producía. El día de nuestra boda llevaba ya la mano alumbrada por el brillante, y meses después conseguí que mi marido me obsequiase las perlas que me han servido de coraza en las batallas sociales.

Mi esposo no era precisamente rico, pero con mis joyas yo podía presentarme en todos los sitios sintiéndome protegida.

Por las noches mis perlas y mi anillo me han sobresaltado. Cuántas veces me he levantado temerosa de que las joyas no estuvieran en el sitio que las guardo.

Al levantarme, lo primero que he hecho durante cerca de cuarenta años es contemplar mis perlas. Las he mirado de cerca con gozo extático. El anillo ha sido, desde el día del matrimonio, mi sol particular: la luz en la que más he creído.

Nunca tuve oportunidad de adquirir otras joyas; estas han sido el cimiento de la seguridad en mí misma…

Confieso, ¿por qué no? (estas líneas las escribo para mí sola y nadie las leerá), que mis alhajas han sido casi más importantes que mis hijos.

No es que no los haya querido, pero, sinceramente, hubiera preferido perder a cualquiera de ellos que una de mis joyas.

Una vez tuve un malestar sin precedente: uno de los hilos del collar se reventó en una reunión diplomática. Temblé pensando en que una sola de las perlas pudiera extraviarse. Sin el tesoro, me sentí como desnuda en esa fiesta donde todas las señoras llevaban collares semejantes al mío. Las que se habían dado cuenta de que la ausencia del collar era accidente no me alarmaban tanto; pero algunas señoras que llegaron después del percance podían pensar que yo había ido a la fiesta con el cuello impúdicamente desnudo porque no poseía perlas como las de ellas. Sin atreverme a dar una explicación, gesticulaba con mi mano izquierda para que se dieran cuenta de los fulgores de mi anillo.

Frecuentemente he pensado que el amor por mis joyas es desmedido y que es pecaminoso quererlas de este modo, cuando existen tantos seres que ni siquiera pueden vestirse adecuadamente. Pero más fuerte que todos mis razonamientos es la protección social que me han ofrecido mis alhajas.

En algunas ocasiones, ocupada en el orden de mi casa, ha llegado de pronto una visita, y yo, sabiendo que no traigo mis joyas encima, me siento tan cohibida que me tapo el cuello con una mano, y con la otra oculto la ausencia del anillo.

Así fortalecida por mis joyas, he visto pasar el tiempo. En muchos de «esos» momentos en que las contrariedades entre hijos, marido, servidumbre, me hacían sentirme desahuciada, la sola contemplación de mis adornos me vuelve a la vida.

Mis tres hijos se han casado; dos de mis nueras contemplan mi collar y mi solitario con avidez. Mi marido es una sombra cada día más tenue.

Y yo, no obstante saberme vieja y sin atractivos, nunca me quito las joyas.

Mis ojos perdieron sus fulgores, pero mi brillante es inconmovible. Hace años que mis dientes son falsos; pero mis perlas valen más cada día…

Sé que con la artritis que padezco rondo cada vez más de cerca mi tumba.

No deseo que me entierren con mis joyas y tampoco quiero dejárselas a nadie.

Mientras tanto, sigo embebida en mis tesoros. Por las noches trato de superar mi celo por las alhajas, y, tomando mi rosario, rezo. Trato de rezar, pero pesan más que las piadosas cuentas que desgrano las perlas de mi vida; y aún relumbra más para mí el brillante del anillo que la cruz con su divino símbolo que pende en el rosario.

La que sube la escalera

¡Ay, doctor! Claro está que me da miedo morirme del corazón, pero es que a pesar de que cada vez que voy a subir la escalera me propongo no agitarme, y por más que pienso, comienzo a subirla y lo hago muy de prisa. Así siento que tengo vida, que la sangre me circula y que allí está mi corazón, aunque pueda reventarse de un momento a otro.

Cuando tenía yo como cuarenta años comenzó a darme miedo subir esta misma escalera de mi edificio porque sentía que mi corazón se aceleraba inmedidamente y como llegaba al cuarto piso donde vivo desde entonces muy sofocada, me propuse subir despacio la escalera y durante más de veinte años me acostumbré a hacerlo.

Entonces tenía grandes deseos de vivir para disfrutar de un sinfín de emociones que por aquellas épocas me hacían vibrar:

Me preocupaba conservar mi aspecto atrayente, pues vivía la más álgida pasión de mi vida cerca de un actor de teatro mediocre en las tablas, pero sorprendente en la intimidad.

Mi trabajo de secretaria aún me ofrecía esperanzas de destacarme en mi rama; y ambicionaba como máxima meta conocer Europa y el Oriente al lado de mi amante.

Todo se vino abajo un mal día en que mi amor regresó de un estreno magullado por el peso de su fracaso teatral. Se quedó a dormir a mi lado, y contagiándome su nerviosidad tuvimos una cadena de discusiones que se prolongaron hasta el amanecer.

Exhausto me abandonó diciéndome que no quería volver a verme.

La desesperación mía afirmó su determinación y vanos fueron todos los empeños que hice para retenerlo a mi lado.

Histerias, lloros, amenazas, chantajes, súplicas, pronósticos de suicidio; obsequios, retos, picones, intentos de embrujamiento, posturas dignas e indignas, provocación de celos, promesas de blanduras, todo fue vano; ni yo lo dañé jamás, ni me quité la vida, ni él regresó a mi lado. Ni encontré ya nunca jamás a nadie que sustituyera mi pasión.

Simultáneamente fui perdiendo el interés por mi trabajo, y en vez de ascender he ido siendo relegada de oficina en oficina hasta llegar a este empleo de archivera que desempeño hace años con monótono desinterés.

Al poco tiempo de que se alejó mi amante se fueron alejando también de mí la coquetería y la presunción.

Por soledad comía más de la cuenta, y perdí mi figura con esta grasa producto del abandono y de la falta de entusiasmo. Mi cara se hizo de golpe vieja y deformada y mis ojos que eran el centro de mi entusiasmo se opacaron entre lágrimas y gorduras.

No me maté porque el suicidio fue en mí solo la posibilidad de vengarme de mi amante. Pero como lo pensé demasiado tiempo, llegó el día en que con mi deformidad no hubiera matado a aquella mujer plena y espléndida que él dejó, sino a una obesa matrona, archivo de un sinnúmero de calamidades.

Pensé que para él no solo no hubiera sido dramático mi suicidio, sino que seguramente le hubiese parecido acertada mi decisión, ya que así tendría asegurado que yo no volviese jamás a suplicarle.

Como le digo, doctor, con ese amor terminaron las ilusiones, las emociones y los anhelos de mi vida. De allí para acá no he hecho sino ir cayendo y cayendo en el desaliento. Y hace ya más de un año que solo me reanimo —¿lo podrá usted creer, doctor?— en los momentos en que subo la escalera y siento una agitación rara en mi corazón.

Al pisar cada peldaño se acentúa la sensación, y yo como que me divierto, como que coqueteo conmigo misma al pensar que ni mis sesenta años, ni mi desastre amoroso que derrumbó mi gusto por la vida, han podido parar aún este corazón que hoy, doctor, es él solo el que me acompaña con su tictac como si fuera un perro viejo; un perro fiel que solo se anima cuando subimos los dos las escaleras.

Amalia Frías

Amalia Frías llegó a la isla y ansiosa de conocer el Oriente. Llevaba la ilusión, contenida durante toda su niñez, de ver tierras y mares que imaginaba como una cadena de paraísos.

Era su primer viaje, y al bajar del barco, su corazón fue un infinito revoloteo de ilusiones.

Un vehículo la llevó directamente a casa de la señora Dillinger.

Al cruzar los umbrales quedó enajenada ante aquella residencia sin paralelo. Entre un interminable desfile de cipreses, los surtidores salpicaban sin tregua estatuas, estatuas y más estatuas de alabastro. Un fiel renacimiento italiano, trasplantado a costa de infinitos dólares, decoraba la mansión esplendorosa de la señora Dillinger.

Deslumbrada, Amalia esperó en el gran salón a la propietaria.

A un tiempo entraron en la estancia sus perlas y sus arrugas. Sus ojos, móviles como el mar de la isla, miraron a Amalia. Luego le tendió sus manos.

La muchacha, cohibida entre tanta magnificencia, entregó a la señora la carta que las unía. La carta de recomendación que un gran pintor mexicano firmó para presentar a Amalia con la señora Dillinger.

La señora, entusiasta del arte, besó a Amalia pidiéndole que su breve estancia en la isla la pasara a su lado.

Tímidamente aceptó la criatura y al momento la señora mandó a la aduana por el equipaje de Amalia.

Volvieron los tres sirvientes enviados, dos con las manos vacías y el otro con un maletín de hule raído, único equipaje de la muchacha.

La señora, mirando la maleta, acompañó a Amalia hasta sus habitaciones. Al darle las buenas noches, le dijo: «¿Por qué la veo a usted tan triste?».

La joven se puso a llorar y la señora exclamó: «¡Qué raro! Es usted tan bonita y tan joven. Yo nunca, nunca he llorado».

Se alejó por sus pasillos de jade imantando a los candiles con los brillantes de sus sortijas. Amalia no pudo dormir entre tanto lujo.

Al día siguiente la señora Dillinger llevó a Amalia por toda la isla mostrándole playas bullangueras, hoteles lujosísimos, museos por demás singulares y callejas que agolpaban misterios y chucherías.

En su casa derrochó manjares, música e invitados en honor de Amalia.

Pero cada vez que se quedaba sola con ella volvía a hacerle la misma pregunta: «¿Por qué siempre la encuentro a usted tan triste? Qué curioso, yo nunca he sufrido».

Amalia contemplaba sus enjambres de perlas y esa cárcel de arrugas que formaban su rostro.

Y a pesar de vivir cerca de tantos esplendores, Amalia suspiraba por volver a México, y muy pronto realizó su viaje de regreso.

La señora la acompañó hasta el muelle. Amalia, siempre cohibida, agradeció las atenciones de la señora que observaba con desconfianza su única maleta.

Amalia no quería que la señora Dillinger se diera cuenta de que su pasaje era de tercera clase y habría dado su juventud con tal de que la señora se despidiera de ella lo antes posible.

Pero el encargado del equipaje pidió inmediatamente a Amalia su boleto. Ella lo mostró como si fuera una ladrona.

Le indicaron por dónde tenía que entrar en el camarote que iba a compartir con dos japonesas y cuatro filipinas.

Amalia, roja de vergüenza, se despidió agradecida de la señora Dillinger, que al darse cuenta del sitio que ocuparía en el barco su amiguita se despidió de ella en forma glacial.

Sin darle la mano, le dijo una vez más en tono de reproche: «No entiendo cómo puede usted sufrir tanto. ¿Sufrir? Yo nunca he sufrido».

Y mientras Amalia se quedó con la mano tendida al viento, la señora Dillinger se dirigió hacia su automóvil ceremoniosamente.

¡I í…!

La encontré en un descanso de la escalera y causaba ternura.

Estaba junto a dos criadas mozas que parecían proteger su inmaculada limpieza. Esa mañana la habían bañado concienzudamente y causaba ternura.

Sus trenzas entrecanas parecían esculpidas en su rostro de chichicuilote indefenso.

No se había escatimado en la confección de su vestido de manta blanca almidonada ni medio metro de la tela para que la abundancia de sus faldas fuese definitiva.

El rebozo palomo oscuro coincidía con los listones que remataban su pelo.

Causaba ternura.

Unos toscos zapatos brillaban en sus pies con la frescura del dulce de zapote.

Parada junto a sus dos compañeras esperaba pacientemente que pusieran en movimiento tanta limpieza.

Cuando crucé el descanso de la escalera, bajó la vista. Yo acaricié sus mejillas áridas y del esfuerzo de su boca salió un sorprendido y tierno aullido: «¡I í...!». Y bajó la escalera con sus acompañantes.

La ternura quedó rondando por las escaleras.

La Berriozábal

Remedios Berriozábal había cruzado limpiamente los cincuenta años y su desaliento era cotidiano.

La juventud, allá lejos, la hería con imaginarios recuerdos luminosos.

Sin padres y sin hijos; sin marido y con hermanos indiferentes, Remedios gozaba de una pequeña renta que le permitía abismarse en sus fracasos.

Gustaba de la compañía masculina y para lograrla aceptó la amistad de Marta Placencia. Marta era joven, bella y desordenada. Hombres de todas edades se agitaban ante su imantado hechizo.

Remedios era testigo constante de las alabanzas que provocaba Marta y cada frase de admiración era un dardo que venía a clavarse en la decrépita personalidad de la Berriozábal. No obstante, aparentaba ser la máxima admiradora de Marta, pero la singular geografía de sus arrugas desenmascaraba su miserable sufrimiento.

Cada vez que veía a Marta le decía aquello que sutilmente pudiera irla socavando: «Tienes una cara preciosa, pero cuídate mucho los párpados porque párpados como los tuyos se abolsan pronto». O bien: «Cómo te queda escotarte. Nada más que te avejenta muchísimo». «Lo que tienes más perfecto es tu nariz, pero fíjate que esa forma de nariz a la vuelta de pocos años se cuelga».

Marta, ante los vaticinios de Remedios, iba perdiendo la fe en sí misma y la inseguridad opacaba su belleza.

Sordo regocijo era para Remedios ver cómo se bamboleaba la vanidad de su amiga.

Frecuentemente preconcebía con minuciosidad la frase que echaría abajo un momento radiante de Marta, y la esperaba con paciencia de cazador que sabe dónde debe herir a su presa.

Remedios tenía además otro motivo para no abandonar a Marta: de tiempo en tiempo, algún desdeñado pretendiente de Marta, entre alcoholizado y melancólico, rendía carnal homenaje a Remedios Berriozábal.

La Guajolotito

En las azoteas no los dejaban jugar porque ensuciaban la ropa en asoleo. En el pequeñísimo cuarto en que dormían con su madre, la portera, no cabía la risa de esas criaturas ávidas de desenvolver sus poquísimos años.

Por eso, dejando a un lado la noche, pasaban la vida en la calle abierta.

Ni libros para el colegio ni juguetes para la precoz ternura les podía proporcionar su madre, que por cuidar el edificio obtenía la dádiva de un cuarto.

Comían porque ella también lavaba.

Su único juguete era un pequeño guajolote, obsequio de un fugaz vendedor de aves.

Con él pasaban las horas desviviéndose en protegerlo.

Las cuatro niñas oscuras, con sus cabellos resecos de polvo y las caras sonrientes de no tener nada, llamaban al animal *Muñeca, Bugambilia, Aurorita* y *Chocolate*. El niño, suma exacta de sus hermanas, le decía con ternura *Perro*.

El animal los seguía como si fuera el más chico de todos.

Y los seis eran felices en la calle sin que nadie perturbara su dicha entrañable.

Por las tardes su gozo declinaba al paso del sol, pues tenían que obedecer los gritos de la portera instigándolos a recogerse.

Sabían que la *Muñeca* no tenía cabida en su habitación, y era forzoso dejarla en la calle la noche entera.

Entonces, entre los cinco, la ataban paternalmente con un mecate al único y desmedrado arbolito que había frente al zaguán.

Antes de irse lo miraban eternizadores minutos. Besándole la cabeza y las patas uno a uno se iban alejando entre compungidos balbuceos: «Adiós, *Muñeca*. Dame un beso, *Bugambilia*. *Aurorita, Aurorita,* hasta mañana. *Chocolatito* lindo, no quiero dormir sin ti».

Y finalmente: «Adiós, *Perro*, quédate cuidando a las estrellas».

El casado

Anteayer me casé y vivo en el miedo.

Frecuentemente la veía en el restaurante de mi madre. Venía a comer y a cenar sola o acompañada. La saludaba con la cabeza y no cruzábamos palabra.

Sus ojos grandísimos, como de hechizada, me causaban sobresalto. Pero era cortés y sumamente discreta.

Siempre elegante y bella, me sorprendía que frecuentara nuestro modesto restaurante.

A veces llegaba mi amigo; mi íntimo amigo, que a pesar de mis 35 años y de mi tupida barba rasurada tenía conmigo ternuras extremas. Mi amigo con el que yo vivía una relación anclada en el placer de la epidermis.

A su lado podía yo sentirme un niño y prodigar mis femeninos impulsos.

Pero el miedo de que la gente advirtiera mis aficiones me impulsó a buscar una novia.

Mi amigo estuvo de acuerdo. Con la boda se cubrirían las apariencias y podríamos continuar nuestra relación llena de encantos malignos.

Cuando él venía al restaurante procurábamos ser discretos y nuestras miradas se unían solamente ante la certeza de que nadie nos veía.

Pero para mí era incomodísima la presencia de esa mujer perfumada y observadora, que establecía en mí el imperio de sus ojos.

Por la tarde, cuando iba a visitar a mi novia, descansaba.

Qué diferencia entre aquella mujer hermosa e incómoda con la dulce novia que me esperaba con tanta dicha, ajena a mi doble vida. A esa vida de años y años que había culminado en la relación ajena de mi último amigo y consejero.

De cualquier modo, yo volvía por la noche al restaurante contento de saber que me estaba esperando mi amigo y de que mi novia me idolatraba sin sospechar mi condición.

Pero a veces mi dicha se resentía. Cerca de la mesa de mi amigo, encontraba yo a la mujer que sabía mirar.

Cuando ella iba acompañada, mi preocupación descendía, pero si estaba sola no me atrevía ni a sentarme cerca del amigo ni a levantar la vista. Preso de tal nerviosidad mi único deseo era apresurar la boda. Y la apresuré.

Me he casado anteayer. Mi amigo fue el padrino y nadie, absolutamente nadie, sospechó nada. Durante todo el día del matrimonio me sentí dichoso con mi joven mujer que me serviría en adelante de fachada para proseguir la sigilosa, la estremecedora amistad.

Al día siguiente amanecí encantado. Mi mujer no podía adivinar nada. Ahora mi vida estaba asegurada social y amorosamente. Era yo feliz. Pero por la noche fui un rato al restaurante de mi madre para reunirme con mi amigo.

Mientras lo estaba esperando llegó la mujer de las miradas.

Se acercó a mi mesa, y con un semblante de estatua me dijo:

«¿Y su esposa, por qué no está con usted?».

Y salió del restaurante con los ojos fijos. Fijos en yo no sé qué.

Desde ese momento no vivo en el mundo. Vivo en la región inconmensurable de la angustia.

Abonbina Meléndez

Abonbina Meléndez tenía una sonrisa dulce y unos ojos traspasados de amargura.

Su soltería ya no era un peso; a los 62 años era el derrumbe que venía hundiendo a Abonbina en la más rala generosidad.

Como tenía dinerillo heredado, dio por protegerse con objetos de lujo. Por eso dio unas clases de geografía que ampliaron sus caudales.

Rondando el tiempo tuvo una casita con su jardín medroso.

No le faltaban amistades; mujeres quebradas como ella, espejos de desolación de chismes y de resentimiento.

Un día la invitaron a una fiesta; una reunión de gente variada ajena al ambiente de Abonbina.

Sorprendida y honrada por el convite, se acicaló y de la mejor manera posible, decorando su adversa figura con un trajecillo lila en el que refulgía el plateado cintilar de las chaquiras del cuello. Pulseras y anillo de ámbar redondeaban a Abonbina.

Tímidamente se sentó en un sitio sombrío de esperanzas. Hasta allí llegó el ponche de vino tinto que un criado ofrecía a los invitados.

Ante el calor de la bebida, se atrevió a correr su silla para quedar más cerca de algunas personas. A su lado estaba una pálida jovencita vestida de negro y con unos ojos que sin más le recordaron a los suyos.

Le molestó de pronto la muchacha y quiso apartar su silla para alejarse de semejante criatura.

El mesero volvió a ofrecer el ponche.

Al tomar el vaso, Abonbina desvió por unos instantes su mirada y su pensamiento de la muchacha. Dando un trago al ponche, siguió observándola. Sintió de pronto un calor grato en sus mejillas y dando otro sorbo, comenzó a sentirse agradada en la reunión. La gente, aunque no hablara particularmente con ella, le causaba simpatía y comenzó a sentir por la chica una comprensión ribeteada de ternura.

Ciertamente era fea e insípida, pero tenía unos ojos sin reflejo que hicieron que los de Abonbina se humedecieran. Acercó más su silla a la muchacha y empezó a platicarle. Al elogiar su discreción hizo hincapié en sus pupilas grises.

La muchacha tímida se sintió protegida por su antecesora de desconsuelos y se confió a ella.

Abonbina sintió por vez primera en su vida la dulzura de ser madre y con supremo interés preguntó a la niña cuáles eran sus planes en la vida.

Encontrar novio, casarme, tener hijos. ¡Ojalá!

Abonbina la oyó con respetuosa concentración. Luego le dijo:

«Sí, eso lo conseguirás seguramente, pero no es forzoso casarse para ser feliz. Creo que tú podrías interesarte mucho dando clases, aunque jamás te casaras, ni tuvieras novio; clases de geografía, por ejemplo». Y de los ojos de Abonbina se alejó la percudida amargura; y en sus labios una sonrisa noble hizo que la muchacha se sintiese reflejada.

La insatisfecha

Mi marido es un buen hombre, correcto en su trato y alerta siempre a sus deberes hogareños.

Nuestros tres hijos tienen el ejemplo del padre que los cobija material y espiritualmente. Nunca han sabido de privaciones y su educación hace que la adolescencia que atraviesan sea suave y entusiasta.

Yo dispongo a mi antojo de la atmósfera de mi casa, que con su pequeño jardín y su limpieza cotidiana es un agradable refugio para nuestras modestas amistades. Puedo vestir con cierta elegancia ajena a nuestra clase. No me faltan paseos y aunque no tenemos automóvil solo viajo en camión por elegido gusto. No obstante mis 44 años, la frescura juvenil me acompaña como la más protectora de las amistades.

Mis días tienen sol, golosinas, respeto, caricias filiales y destreza económica. Duermo cerca de un marido siempre fatigado. Cierto que su fatiga está llena de dulzuras y de buenas maneras. Antes de dormirse, busca la ocasión de ponderar lo buena madre y ama de casa que soy; me instiga a adquirir un nuevo vestido o me induce a que vaya al teatro con alguna amiga. Le alcanzan también los ímpetus para besarme las mejillas y la frente con ternura y respeto. Pero luego se duerme. Se duerme como un trabajador de buena fe que no tiene en su conciencia ningún revoloteo siniestro.

Mientras tanto, yo ardo porque la vida cotidiana y limpia me tiene saturada de insatisfacciones. Ardo porque mis poros, ajenos a mis deberes, demandan placer e irrespetuosas caricias. Mi desasosiego me hace odiar durante muchas de las nocturnas horas a ese hombre responsable y correcto que ni siquiera merece que yo lo engañe con algún intrépido mozalbete. Mi ira encarcelada en las sombras me impide razonar que el hombre que tengo a mi lado duerme sin titubeos porque se medio mata trabajando. Pero yo deliro de lascivia y tengo enfebrecida lucha entre mi cuerpo sediento y mi deber ante ese hombre que, siendo yo casi una niña, me sacó de la miseria y el descuido.

Sé que tengo facilidades para engañarlo sin que nadie se percatase de mi hazaña, pero me detiene la frontera de su piel dormida, de la que emanan consideración y ternura. A veces, dentro de mi ardiente insomnio, pienso despertarlo y decirle francamente que soy una mujer en quien la madurez implora el beneficio último de la carne. Otras, quiero provocar sigilosamente su embestida sirviéndome de malicias que jamás he practicado. Y en la mayoría de los casos, me juro dejarlo dormir, pero a cambio de buscar sin freno a un hombre que se hunda en mis blanduras y mis estremecimientos.

Entonces consigo descansar. Pero a la mañana siguiente, mis claros hijos y la diafanidad de mi esposo me hacen sentirme traidora y juro alejar de mí esos pensamientos malsanos. Durante el día, trato de consumirme arreglando la casa o distrayéndome en repasar la ropa de mis hijos y de mi marido.

No deja de ser alarmante para mi imaginación el contacto con los pantalones y las prendas masculinas, que no cubriendo por el momento a mis queridos seres, solamente me recuerdan al hombre. Al posible hombre por el que languidezco cada noche.

Varío de ocupación, charlo con alguna amiga que me considera una mujer ideal, confortada de afectos y comodidades; que jamás sospecha dentro de mi equilibrio el abismal demonio del deseo.

Cuando me percato de que mis hijos regresan de sus estudios, siento vergüenza; creo que pueden ver mis quemantes pensamientos como se ve la llama por entre el plácido cristal de una lámpara votiva. Y cuando oigo que mi marido abre el zaguán tengo un momento de rebeldía iracunda. Ni siquiera podré seguir pensando en mi esperanza candente; tendré que atenderlo, que oír las monótonas satisfacciones de su pacífico trabajo. Pero entra y me ve con sus ojos sólidos de ternura y de apoyo y mi llama se apaga como desvanecida por un viento benéfico. Me resigno y llega otra noche, otra noche en que conspiran dentro de mí todas mis insatisfacciones. El nuevo día vuelve a amortiguar mi fiebre y así se repiten días y meses. Pienso que a fuerza de no saciarlos, mis legítimos impulsos traspasarán el decoro de los años. Tal vez mis últimos estertores se vean entrelazados por la inmensa nostalgia de la carne.

Moneda

De su cama había hecho un sarcófago. Desde ahí hacía el inventario de sus cenizas. Se abandonaba horas y horas a complacerse en el fracaso.

Su vida a los 37 años: desastre puro. Su familia: lejanísimos personajes que la observaban sin entender silencios y terca melancolía. Su trabajo: la sola ventaja de tomar largos descansos por subterránea enfermedad. El amor: invención mágica que nació en ella antes de conocer a los hombres y que habiéndolos tratado se convirtió en muralla de soledad y temores. Su cara, su cuerpo: reductos de miseria y de ternura que día a día iban perdiendo su vigencia. Puentes tendidos hacia la muerte por donde solo pasaba la nostalgia de irse sabiendo menos bella.

¿Y sus manos? Sus manos hermosas y precavidas, recipientes de caricias no usadas, sin otro sentido que juntarse en una oración aprendida desde siempre y cada vez más desolada y hueca.

Su alcoba, llena de frascos, de cristos y de cosméticos, era una habitación negada a la luz. Dobles puertas detenían al sol y sombríos cortinajes heredados colgaban como ornamentos funerarios.

Sus criadas la servían entre sombras y el aire no renovado se espesaba al compás de sus pensamientos.

Pero curiosamente, de tiempo en tiempo, Genoveva Medina se erguía entre sus tinieblas y aceptaba una invitación. De pie ante su espejo, iba ungiéndose de cosméticos y lociones hasta sentirse reintegrada a la vida.

Coronaba su reconstrucción un ineludible traje rojo.

Halagada ante su propia imagen, sentía ímpetus para afrontar la calle.

Ya en la reunión, era eje de oídos y miradas.

Hablaba, hablaba sin cesar con alucinante brillo, logrando dar ánimo a todos los invitados.

A un pequeño filósofo tristemente vestido le hacía creer que la filosofía era la salvación del universo. A un novelista de abundantes escritos inéditos, lo persuadía de que a los genios solo se les reconoce después de muertos. A un tenuísimo practicante de medicina lo colmaba de elogios por su familiaridad con vísceras corrompidas. A cierta divorciada pobretona y caduca, la convencía de que el verdadero atractivo de una mujer comienza cuando ella empieza a declinar. Si había una señora con alguna discordante prominencia ósea, le aseguraba que la belleza suprema tenía que estar apuntalada por cierta exageración física.

A las atolondradas poetisas les decía que los buenos versos podían caber en las formas más anárquicas y oscuras; y si había un osado que empuñara la guitarra para musicalizar la reunión, lo aclamaba sin titubeos como futuro fenómeno del instrumento.

Ella también se ponía a cantar, más que con la voz, con sus fascinados ojos de reptil y de fiera. Reía con una risa eterna de descuido y de indiferencia, y su mundanidad iba ascendiendo al paso de la noche.

Al despedirse, súbitamente, variaban los ojos, el color de la tez y el timbre de la voz.

Sobriamente se despedía.

Al llegar a su casa el derrumbe era absoluto. Traje rojo, abalorios, cosméticos y perfumes lozanos la abandonaban junto con sus fuerzas. Relajando labios y ceño, se hundía entre las sábanas acomodándolas precavidamente como mortaja.

Pensaba: «Nunca, nunca volveré a salir a la calle. Jamás volveré a ver a la gente. No tengo otra salida que mi casa. Mi cama, mi refugio, mi sarcófago».

Los globos

Con sus blancos vestidos de piqué bordado en punto de cruz; con sus zapatos nuevos, con sus caras gordas de muñecas obedientes y con sus cuatro y cinco años apenas, estaban sentadas en la escalera del edificio esperando a sus padres, a sus nanas y a la vida.

Inocentes, sostenían unos grandes globos azules como el cielo.

Su presencia paralizaba el domingo. Eran tan frescas, tan reales que abolían la idea de la muerte.

Parecía que iban a soportar millares de domingos en la misma postura, con los mismos trajes, felices, colgadas de sus globos azules. Cielos irrompibles y eternos.

Pasó aquel domingo y por la noche sus globos marchitados perdieron para ellas su potencia de eternidad.

El diplomático

Esta noche es una de las raras noches de mi vida en que no tengo algún compromiso social.

Llevo meses queriendo poner en orden mis pensamientos y escribir algo de mí, sin más fin que desahogar un poco de lo que adentro llevo y que día a día me abruma en forma más extremada.

Hoy he podido llevar a cabo mi propósito. He despachado a mi criado y estoy solo en mi departamento, gozando de mi bata, mis pantuflas, mis cigarrillos y de estas líneas que principio sin saber cómo ni dónde van a terminar.

Desde muy joven, mi ambición máxima fue viajar y la vida me concedió caudalosamente mi anhelo. Mi profesión de diplomático y cierto dinero heredado me han permitido conocer infinidad de países y habitar muchos de ellos. He desempeñado el puesto de primer secretario en

Londres, en Berlín, en Praga, en Beirut y en otras ciudades.

En mis vacaciones viajo por diferentes sitios y así, a la vuelta de mis 58 años, conozco casi todo el mundo y una infinidad de gente que ha pasado por mi vida como yo por la de ella. Saludos corteses, sonrisas superficiales, pláticas de corte monótono que al cabo del tiempo son ya tumulto de vacíos y de incoloras ausencias.

En cada nuevo cargo que ocupo pienso y siempre vuelvo a pensarlo que en ese país podré hallar gente más interesante y una forma de vida menos inestable.

Cambio de ciudad, de clima, de idioma y de apartamento. En resumen, todo viene a ser lo mismo. Cambian las apariencias de mi vida, pero en el fondo cada sitio, con sus embajadas, sus personas y sus hipocresías, resulta el equivalente de otros anteriores. Cuando viajo fuera de la misión diplomática, pienso que encontraré en alguna otra parte, quizá en el Oriente que ya conozco de sobra, un lugar donde mi vida halle paz y entretenimiento. Pero curiosamente allí también vuelvo a caer en los mismos círculos sociales y después de dos o tres días de haberme instalado, el tedio se apodera de mi espíritu.

A veces siento que de tanto viajar no conozco nada, que de tanto tratar gente diversa, no he vivido, y que he desperdigado mi vida en una hemorragia de aeropuertos, estaciones de ferrocarril, muelles y aduanas en donde he ido dejando mi nombre estampado en documentos inútiles y atosigantes.

En una ocasión, teniendo mi puesto en Santiago de Chile, pensé en casarme. Una mujer distinguida y fina parecía entender mis manías y exigencias, apreciaba mi acicalamiento y mi forma constantemente cortés de conducirme. Medí mis fuerzas y, después de largas meditaciones, pensé que mis recursos económicos compartidos no eran suficientemente copiosos; que mi nerviosidad no admitía la presencia constante de una mujer a mi lado y que mis deseos de tener un hijo eran algo extemporáneos.

Cortésmente rompí mi compromiso y aunque extrañaba su compañía en las embajadas o en los teatros, descansé al sentir de nuevo que con solo pedir licencia podía alejarme de Chile, de mi romance comenzado y terminado sin otra ayuda que mis cálculos mentales. Me mandé hacer varios trajes, frecuenté los baños de vapor, me rasuré el bigote y así cambié de continente.

Me instalé en Honolulu y creí que cercado de mar y desenvolviéndome entre gente anónima y mezclada, chinos, filipinos, javaneses, podría tener entretenido mi tedio sin mayores caravanas.

Por evitarme molestias, decidí vivir en un hotel. Pasé dos o tres días creyendo que había hallado el sitio ideal para descansar del diluvio de mis viajes. Mas comencé a aburrirme, a sentirme solo y una vez más eché mano de la embajada, que me acogió de inmediato en su círculo, en donde volví a caer sin remedio.

De nuevo las sonrisas forzadas, las preguntas de molde y el tedio y el tedio y el tedio.

La ciudad pequeña empezó a estrangularme. En medio de mil desalientos, tuve un momento de fulgor mental. Como el hijo extraviado que en un momento recurre a la familia olvidada, pensé en París y me alegré ante mi esperanza.

Sí, definitivamente, para un hombre como yo era París mi hogar y el solo sitio donde poder existir.

Llevaba tiempo de no estar allí y pensé que con mi experiencia actual me sería fácil echar raíces.

De nuevo gestioné mi puesto en la embajada y otra vez crucé mares y continentes. Llegué a Francia con una euforia que presagiaba muchos meses de dicha.

Ahora sí hallaría, con mi tremendísima experiencia de vida, la calma suficiente para organizar mi vida en un solo sitio. Sí, definitivamente, no me movería más de París y lucharía por obtener una estabilidad geográfica y espiritual. Tomé un departamento amueblado y los primeros días me dediqué a adquirir objetos de arte. Un criado con buenas recomendaciones se ocuparía de atenderme.

Llegué a la embajada con el espíritu renovado.

Pasó una semana, un mes, y parecía que de mí se hubiesen alejado para siempre el tedio y el pesimismo. París me deleitaba más que nunca y la gente correspondía a mis ininterrumpidas sonrisas.

Recorrí museos y parques con gozo nuevo. Como un adolescente creí en mi ventura. Ventura que una mañana se quebrantó con una serie de incomodidades domésticas. Empecé a notar graves deficiencias en el baño y en la cocina. El apartamento, con mejor gusto que modernidad, comenzó a ser agobiante y decidí simplificar mi vida mudándome a un hotel; despedí a mi criado y comencé una larga peregrinación por diferentes hoteles encontrando en todos deficiencias considerables.

Exhausto y fastidiado, decidí tomar otro departamento, antes que variar de país y hasta de continente. El criado regresó conmigo y regresaron más fuertes que nunca el hastío y la desesperanza. De nuevo las aprisionantes reuniones diplomáticas, y de nuevo la hipocresía y las sonrisas estereotipadas y las frases elogiosas y embusteras.

Hoy, al fin, decidí no salir y le di la tarde a mi criado.

Al tomar la pluma sentí alivio y todo este rato que llevo escribiendo ha sido como una liberación de mí mismo. Curiosamente, ahora me pesa menos el departamento y la sociedad en que me muevo y París, y Europa y el mundo entero.

Qué extraño, qué agradablemente extraño, sentir que he podido estar acompañado y bien acompañado de mí mismo. Y en estos renglones que no sé cómo estarán tengo la sensación de que he dejado fija una parte de mi personalidad. Siento que la hemorragia viajera que ha sido mi vida, al menos por unos momentos, se ha detenido en este acogedor papel; más acogedor que todos los hoteles, embajadas, ciudades y países del mundo que he conocido.

Televicentro

Pos le aseguro que sí le voy a dejar su ropa bien limpia. Usted va a quedar contenta. Aunque me vea vieja todavía estoy fuerte; no ve que en Televicentro lavaba los excusados y allí sí tenía que agacharme mucho para dejarlos bien limpios.

Y no tenga cuidado, aunque sea hartita ropa yo me daré prisa para entregársela cuando usted mande. No ve que en Televicentro yo me pasaba la tarde y hasta ya noche recogiendo tanto papel que dejaban en el suelo y fuera de los comunes. Con perdón de usted, pero yo dejaba retelimpios los excusados y eso que a veces tenía que meter la mano para destaparlos, porque con tanta gente que entra allí tapan los comunes y a veces dejan, usted perdone, el excremento.

Y yo tenía que meter las manos para limpiar bien. Así, cómo quiere usted que yo no le restriegue bien su ropa. Sí, a mí me gusta dejar las cosas bien limpias. Tengo, afigúrese usted, más de cuarenta años de lavar lo que puedo. En el Televicentro yo dejaba los excusados limpiecitos. Fíjese, porque a mí no me da asco lavar lo sucio; a veces cuando, con perdón de usted, flotaba la porquería en los comunes yo estaba contenta limpie y limpie, pensando que ya todos mis hijos estaban muertos, y que usted perdonará, ellos también hacían lo mismo que yo estaba limpiando. Y creerá usted que allí entre los inodoros yo recordaba a mis hijos y sus olores de cuando eran chiquitos y hasta me gustaba estar allí. Fíjese que hasta llegaba a sentir bonito al tocar la porquería blandita. Creerá usted que me acordaba de la cabecita de mis hijos cuando recién nacidos.

Pero pos claro, restregaba bien todo y todo se iba por los inodoros.

Los dejaba retelimpios. Así es que usted no tenga pendiente por su ropa, se lo aseguro.

El camisón

Lo vio en un aparador del Paseo de la Reforma y ya no tuvo sosiego.

Se casaría con Pepe solamente para llevar el camisón en la noche de bodas.

Aquellas rosas salmonadas con el follaje de terciopelo por entre los pliegues del organdí infinito la trastornaron, y dio el sí a Pepe olvidando que el oro de sus dientes evitaba el deseo de besarlo.

Una vez fijado el día de la boda, el camisón fue planchado en toda su superficialidad.

Pero la boda se aplazó por melindres de la novia. Primero para el próximo mes, y después para el próximo año. Fueron muriendo los años y la novia seguía titubeante; Pepe aguardaba estoicamente y el camisón colgado entristecía sus blancos con el polvo ineludible.

A ella le fue cayendo el tiempo en la dentadura y en los cabellos, pero conservó su silueta ligera y esa sonrisa de niña para siempre.

Pasados los cincuenta años y pasada también la conmoción de su sangre, ella se sintió menos niña y se animó ¡por fin! después de veintisiete años de noviazgo, a casarse con Pepe.

La boda tuvo el boato y las delicadezas planeadas en la juventud.

La novia apareció entre la concurrencia con galas de adolescente y sonrisas infantiles.

Los invitados comentaban con azoro el entusiasmo virgen del novio.

Por la noche, sobre la cama nupcial, el camisón lucía una transparencia de cristal ahumado y las rosas cadavéricas deshojaron su raso cuando los esforzados brazos de Pepe estrujaron, ¡por fin!, a la novia de la vida.

La hoja

¿Era una hoja?

No, no hay hojas tan grandes.

¿Era toda una rama?

No, las ramas no son dóciles.

¿Era una piedra?

No, una piedra tan grande no tiene por qué estar tirada en mitad de una calle céntrica y nueva.

¿Era un animal muerto?

Sí, era un animal… No, no era un animal.

Era un borracho abatido por su cerebro débil y por su estómago lleno de alcohol barato.

Era un hombre con poco o desquiciado entendimiento; pero un hombre con venas, médula, vísceras, ires y venires de microbios y gérmenes desorganizados que lo hacían sufrir hasta el punto de lanzarlo en el túnel de los fulgores malignos.

Me quedé mirándolo y no supe qué hacer. ¿Llamar a la Cruz Roja para que lo recogiesen, lo bañaran impíamente y lo tratasen como un culpable?

¿Dejarlo ahí cobijado por el frío, maltrecho y amoratado?

Cavilosa lo observaba sin que las luces de mi mente me ayudasen del todo.

¿Haría menos daño a sus familiares si moría? ¿Y si con todo y ser borracho de vez en vez alegraba a sus hijos? ¿Tendría algún fiel amigo al que hacerle falta? O ¿sería más útil enterrado y prodigando sus residuos alcoholizados a los margaritones y lirios de algún panteón común?

No supe qué pensar; no pude decidir nada y caminé hasta mi casa pensando en Cristo y en su genial y desnutrido brindis de sangre.

La vieja rica

Gracias a la riqueza heredada, nutrida después con la fortuna de mi marido, he podido conservar esta casa.

La conservo igual que hace diez, veinte, treinta, cincuenta años.

He pasado mi vida en ella y ahora, en la vejez, están más presentes que nunca todos los recuerdos que noche a noche acomodo en mi cabeza, bajo el gran dosel de rasos azules.

El primer baile. Yo en traje de polisón lleno de lazos.

Creyendo que mi vida sería tan brillante y bella como la constelación de cristales iluminados bajo los cuales bailaba, ajena a todos los sufrimientos.

La tarde en que mi augusta madre me trajo a esta casa, gloria arquitectónica del momento, me dijo gravemente: «Para que desde el día en que te cases vivas aquí y te sientas protegida ante todos los cambios que puede traer la vida».

Recuerdo el día que me casé con ese hombre lejano y distinguido, con quien jamás tuve ni confianzas ni discordias, y que me tomaba bajo estos cortinajes como si yo fuese una estatua de iglesia.

Recuerdo el nacimiento de mi primer hijo, rendida de felicidad. Sus balbuceos, juegos y risas por estos corredores y estos patios. Y la venida de mis otros hijos que inundaron la casa con su barullo, sus nanas y sus años incesantemente cumplidos.

Recuerdo los viajes a Europa, al lado de mi marido. Me llevaba de país en país, y yo encontraba a cada momento, en todas partes, casas como la mía.

Recuerdo la fatiga inmensa que esos viajes me producían, y cómo de mi cansancio nació la idea de que la casa pudiera quemarse, o derrumbarse en algún terremoto.

Regresaba a México y, al ver la fachada de la casa, mi nerviosidad se convertía en dicha. Al entrar en el gran patio me daba cuenta de que todo era igual, y me sentía protegida como si la desventura nunca pudiera tocar mi existencia.

Hubo un momento grave en que los negocios de mi marido se resintieron. Se pensó en vender la casa. Yo sentí que prefería perder la vida y no el sitio que me acogía desde tantos años atrás.

Aquí murió mi hijo mayor de una fiebre maligna, y bajo el dosel me sentí como la usurpadora de la juventud de mi muchacho.

Veía a mis otros cuatro hijos como si de pronto hubiesen madurado forzadamente; como si la muerte de su hermano les hubiese achicado a ellos su propia vida.

Mi marido, inalterable, cubría su pena con una educación que lo obligaba a abolir todo sentimiento.

Fuera de mí, comencé a tomarle desconfianza a la casa. Quería estar todo el día lejos de ella, y por la noche los cortinajes de la cama me parecían las losas del sepulcro de mi hijo.

Pasó el tiempo, y la pena pasó como untada al tiempo.

Volví a querer mi casa. Hice que la habitación vacía continuara intacta, tal como él la dejó.

Después se fueron casando mis otros hijos y los nietos se adueñaron de las risas de esta casa.

Mi salud disminuida me hizo prescindir de los paseos y de la vida social.

Me fui haciendo cada vez más huraña y la tarde en que mi marido se murió de golpe, sin titubeos, con su educación de siempre y fulminado por una caritativa angina de pecho, yo me sentí más ligada que nunca a la casa. Llegué a sentir que era ella mi sola compañía.

Los criados, antiguos y nuevos, estaban de tal modo incorporados al movimiento de la casa, que más que personas eran como objetos en los que apenas reparaba.

El orden simétrico de años y años hacía que todo marchase con nublada armonía.

Yo he vivido días enteros recorriendo las habitaciones, los corredores, los patios; pasando revista a un desfile interminable de candeleros, porcelanas, mesas incrustadas, repisas y vitrinas llenas de marfiles y de plata labrada.

A veces, me encuentro meditando en la habitación de alguno de mis hijos vivos y pienso al ver sus cosas que lo amo desmedidamente. Pero si en esos momentos me sorprende un criado para anunciarme la visita de ese hijo, me descompongo y me causa fastidio tener que dejar su cuarto lleno de pasado para ir a escuchar sus inquietudes presentes.

Mis nietos, de día en día, me fastidian hasta el punto de que llego a confundirlos. Y aunque lo disimulo precavidamente me fatigan sus conversaciones llenas de preguntas y de anécdotas mínimas.

Nunca me han producido placer los alimentos exquisitos, y ahora, de tan vieja, me repugna alimentarme con estas comidas neutras, estos purés y estos atoles que me abruman con su monotonía.

Alguna mañana salgo en automóvil al bosque, pero la turba de automóviles modernos distraen mis pensamientos, que quisieran estacionarse en otro tiempo cuando los coches de caballos serenamente cruzaban el parque.

Sé que a las gentes que trato les extraña mi singular manera de vivir. Pero me tiene sin cuidado lo que opinen.

Los libros también me están vedados; mis ojos distinguen muy bien los objetos, pero están casi imposibilitados para la lectura.

Oír música me enerva, como no sean dos o tres valses de mi juventud que a veces escucho con terca melancolía.

A veces, y en estas cúspides sombrías de la vida, intento escribir, pero jamás logro meter en los párrafos el tumulto de pensamientos que perturban mi imaginación. Antes que lograr expresarme como yo desearía, me fatigo y abandono el papel.

Es entonces cuando anclo en mi cama y mi dosel sirve de nicho a tanta y tanta divagación.

Duermo poco, cada vez menos, y en la quietud de las sombras van saltando mis recuerdos. Por las mañanas me espera la más agitada impresión que tengo durante el día y a la que, no obstante el tiempo, jamás logro acostumbrarme.

Después del desayuno, me asomo a los balcones que dan a la calle y sufro un choque con el aspecto de la gran avenida siempre renovada. Solo mi casa ha permanecido por entre los años fiel a una época; mi irremediable época.

Ahora la calle está llena de edificios cada uno más alto que el otro.

Quedan algunos espacios vaciados en donde ya las máquinas constructoras abruman con su ruido. Espacios que ocuparon casas como la mía, pero ya derrotadas.

La avenida, amplia y verde en otro tiempo, es más y más estrecha para dar cabida a los tropeles de automóviles. Y los árboles de la infancia parecen imitar mi vejez y mis sinsabores con su verdor apocado por las emanaciones de la ciudad.

Solamente mi casa ha logrado persistir en este mundo de movimiento. Mi casa que como yo sigue perteneciendo al siglo pasado. Mi casa que, como mi madre lo vaticinó, me ha resguardado de tantos penosos acontecimientos.

Esta casa que mientras yo viva nadie demolerá, porque sus piedras son como mis huesos. Esta casa que es la sola que puede cobijar mis congojas.

Sé que en el momento que yo muera, mi casa no significará para mis hijos más que un terreno valioso, construirán un edificio alto y monótono, en armonía con la avenida. Un edificio cuyas paredes nada tendrán que ver con estos muros que me defienden. Un edificio en donde los inquilinos ni siquiera sospecharán que en ese espacio vivió y murió su vida una mujer que solamente conservó entre sus arrugas, sus achaques, sus fastidios, sus extrañezas y su dinero, una memoria inconmovible, resguardada por los muros de esta casa.

El pobre

Con más de setenta años, con menos energía a cada instante, con la disciplina resignada de quien sabe que solo nació para cumplir el oscurísimo deber de existir honestamente, esperaba atravesar la calle una lluviosa tarde sin consuelos.

Sus pantalones, de un gris verdoso y raído, discordaban con la negra chaqueta que, amplia y antigua, dejaba nadar el cuerpecillo de ese hombre recipiente de fatigas y dulzuras marchitas.

Esperaba atento y sumiso la señal que le otorgaba cruzar la calle, y su espera tenía dimensión de eternidad por la mansedumbre con que aguantaba el aguacero.

De pronto, violando todas las reglas del tráfico, pasó velozmente un automóvil lleno de linternas de colores y de esmaltes combinado. Al cruzar cerca del viejo lo bañó estrepitosamente con el agua de un charco corrompido que dividía la calle, y siguió su camino sin percibir tan solo lo que había hecho.

El hombre completamente empapado miró con ternura su única chaqueta, cobija de su cuerpo y compañera de un sinfín de años y penalidades. Sus manos rendidas sacudieron estérilmente la tela empapada y sus ojos sin lágrimas miraron hacia el cielo.

Un cielo pardo e impenetrable. Entonces el hombre regresó, sin protestas, su mirada hacia el piso mojado.

Mónica Mijares

Tengo un amante. Lo tengo porque sexualmente lo necesito. Pero ni lo quiero ni lo respeto; es más, fuera de los placeres de la epidermis, me aburre.

Como buen hombre mexicano trata de invadirme y ¡santo Dios! de educarme…

En espera de noches alarmantes lo hago creer que lo obedezco; pero tan solo estoy observándolo, archivándolo, momificándolo.

A veces, arrepentida de ser tan malévola, me conmuevo y le hago una caricia ajena a mis estremecimientos carnales.

Quisiera, al menos, sentir por él la ternura que inspira un perro o un cuidadísimo gato. Imposible. Su aspecto maduro y sombreado de bello y sus gracejadas infantiles me irritan.

Entonces creo poder tomar una determinación justa y no volverlo a ver jamás; pero conociendo mi extremada afición al abandono de la voluptuosidad contengo mi fastidio y aparento afecto hacia él.

Escucho sus desatinadas bromas, acepto que opine sobre la calidad de mis vestidos y los colores de mis divanes, y hasta finjo agradecerle sus consejos para que yo sea más refinada.

Él hace esfuerzos creyendo que tiene por amante a una mujer valiosa que lo admira y lo obedece.

Cuando mi tedio es lapidario, me río para mí misma ante su candorosa estupidez y su incesante vanidad.

Además, me es fiel. Presume de tratar a mujeres flexibles e insinuantes, pero jamás se va con ninguna. Su asiduidad a mi lecho es interminable y tediosa.

No obstante, persisto. Aburrida de su constante y adocenada conversación, de sus trágicas presunciones y de sus ociosos paseos por mi casa, puedo introducirlo a mi alcoba, a mis sábanas, a mi carne precavida.

Entonces apago la luz y desconecto mi pensamiento. Induciéndolo al silencio dejo que pasee sus manos por todo mi cuerpo; que se extasíe en mis más húmedos momentos.

Me olvido de que es él, imagino que me está queriendo un hombre fuerte y superior, un hombre para quien la sola palabra *mujer* es ya una religión. Y alcanzo la eternidad.

Cuando enciendo mi lámpara y él comienza a vestirse toscamente, siento fastidio al contemplarlo añejamente infantil y quisiera no mirarlo jamás.

Pero con toda adultez sé que volverá a la hora en que yo sienta deseos de apagar la luz y de decirle que deje de hablar por unos momentos; que ponga toda su humanidad sobre mis poros y que ancle en mis vertiginosas entrañas.

Celia Llorentes

Celia Llorentes tenía un espejo. Un espejo de metal luminoso y de flores hechas de concha nácar.

Celia Llorentes había cumplido cuarenta años, pero el esplendor de su rostro seguía en el cénit. Desde tiempo atrás acostumbraba contemplarse horas larguísimas en su espejo. Llevaba la estadística de su belleza que día a día iba dejando archivada en el azogue. La angustia amalgamaba su rostro en el cristal testigo.

Le parecía ver estampadas en la superficie del espejo las fechas de su nacimiento y su muerte. Entonces se contemplaba absorta como si se viese encerrada en un reloj de arena.

Ciertamente su cara estaba libre de sombras y depresiones, pero el espejo registraba imperceptiblemente el tiempo; el tiempo que Celia Llorentes iba perdiendo delante del cristal.

Salía y entraba. Iba a paseos, a teatros, a cafés y a bares; tenía amigos, amigas, parientes lejanos y próximos. Tenía admiradores y tenía sirvientes; pero su compañía máxima, su mayor espectador, era el verídico, el inexorable.

Cada mañana, al despertar en su florido y hospitalario lecho, sentía la necesidad de ir hacia su espejo, de igual manera que el toxicómano va en busca de la droga. Al verse reflejada, sentía como el vértigo que da el vacío y necesitaba temeridad para seguirse contemplando. Hubiera querido que el espejo le devolviese sus rostros pasados como las aguas de un lago devuelven el cuerpo del ahogado. Imaginaba sus años venideros reproducidos en el espejo y la desesperación trepidaba en su mente.

Sí, ese mismo espejo luminoso anotaría el paulatino opacamiento de su belleza. Su decadencia y su vejez estarían claramente reflejadas en la plácida luna inalterable. Y las flores de sus contornos serían para Celia una anticipada corona mortuoria.

La del abrigo de cacomixtle

Por las noches se cobijaban en los zaguanes sin importarles la gente que al pasar los contemplaba curiosa.

Enlazados se acariciaban sin recelo contemplando las estrellas y la luna con la misma confianza de quien tiene un salón lleno de candiles.

Se estrechaban con poética lascivia y lo que entre ellos acontecía iba acumulándose en la imaginaria caja de caudales donde guardaban sus amores.

Al amanecer se dirigían al Paseo de la Reforma y esperaban a que saliera el sol. Después seguían caminando hasta el Bosque de Chapultepec donde seleccionaban hojas de eucalipto, botones de alcanfor y musgosas raíces.

Cantando en voz baja volvían por todo el Paseo sin hacer caso de las personas que los miraban.

Cerca de la Iglesia Votiva se sentaban a descansar y él colocaba debajo de un árbol las hojas y las raíces para hacer un asiento donde ella descansara. De un saco grande, viejo y repleto, sacaba un trozo de espejo e hincándose delante de ella la veía cómo decoraba su rostro hecho de cincuenta años de hambre, intemperies, cansancios y privaciones.

Veía enajenado cómo sus cabellos broncos y ausentes de limpieza se disipaban entre las garras de sus manos negras.

Comían sacando del mismo costal unos trozos de pan viejo o tortillas resecas o plátanos semipodridos. Y reían y cantaban y se miraban…, mirándose largo rato uno en el otro. Descubriendo en sus ojos de obsidiana las cenizas de su constante amor.

Durante toda la tarde seguían vagando y al anochecer caminaban nuevamente hacia la estatua del Ángel.

Ya en la sombra y separándose un poco uno del otro para no infundir sospechas, se dirigían a un terreno baldío, paraje de basura y desperdicios.

Allí, saltando la barda, se instalaban en su recinto de amor hasta que la noche con sus perros ladradores los hacía buscar zaguanes donde dormir.

En ese paraje construyeron para sus atardeceres una casita hecha de palos, ramas y moños de papel. Tenía un metro de altura y uno y medio de extensión. Allí guardaban sus prendas más codiciadas. Los zapatos viejos de dorado tacón que alguien le regaló a ella, el abrigo de piel de cacomixtle que usaba con devoción de reina; un cuadrito del Sagrado Corazón semichamuscado y los collares de dalia que él ensartaba contemplándola mientras caía la tarde. Allí se acentuaba aún más su amor como si la estrechez de la morada concentrase toda la ternura acumulada en los cincuenta años de ella y los veintinueve de él. Como si la pestilencia de latas de sardina, huesos de pescado y de pollo, cascarones de huevo, flores ya sin miradas de asombro y algodones nutridos de rojos desechos.

Cuando una partida de perros callejeros comenzaba a rondar buscando comida, ellos abandonaban el muladar como mirando su casita por última vez.

Ella, por la rodilla, el brazo, el hombro de él, saltaba la barda y el hombre de un solo brinco estaba a su lado.

Abrazados caminaban hasta hallar el portón que les apetecía esa noche. Instalados en el quicio de la puerta contemplaban sus estrellas y se acariciaban complacida, larga, profundamente.

Tenían años y años del mismo vagar y la mugre amalgamaba ese amor de amantes, de hermanos, de madre e hijo.

La cansada

Ni siquiera fatigada tengo derecho a descansar. Menos aún se me permite estar deprimida o silenciosa. Desde hace veinte años debo ser fuerte, trabajadora, comprensiva y alegre.

Alegre, ¡Dios santo!, cuando estoy obligada a soportarlos.

Mi marido y mis hijos creen que su única obligación es la económica. Teniéndome tranquila con los gastos indispensables de la casa, me hacen que los sirva y los atienda sin interrupciones.

Desde las primeras horas de la mañana me llaman todos a la vez para que les dé sus ropas y les sirva el desayuno. Cierto es que reclaman sus comodidades cariñosamente, pero yo tengo que tener una mágica destreza para darle a cada uno lo que pide.

Sus ropas por lo general se las tengo preparadas desde la víspera. Pero el desayuno... ¡Virgen desamparada! Mi marido desayuna huevos con tocino y leche fría; el mayor, leche caliente y wafles enmielados; el otro, jugos de frutas y carne asada al momento; el que le sigue adora los huevos con chilaquiles, y la pequeña quisquillea pidiéndome frijoles refritos y algún dulce que le alegre matutinamente la vista.

Aun no teniendo criada, podría atender a todos si al mismo tiempo no pretendieran que les escuchara sus planes de trabajo.

Mi esposo, generalmente preocupadísimo desde por la mañana, me sofoca con lúgubres presentimientos financieros.

Mi hijo mayor, que estudia con brío la carrera de derecho, pretende desde esas horas hacerme entender los laberintos de la jurisprudencia.

El segundo, que intenta temeroso la arquitectura, viene con su regla de cálculo y sus dibujos a que yo le dé una opinión alentadora.

El otro, sintiéndose enaltecido en su primer año de medicina, se propone aumentar la decoración de la casa con algún fragmento de esqueleto que le han ofrecido.

La muchacha, con sus catorce años, me dice compungida que prefiere quedarse a mi lado para que yo la cargue y así librarse de asistir a la academia.

Positivamente, cuando todos se han ido machacando sus problemas, yo pienso que podré descansar. Vana pretensión: ya es demasiado tarde y me lanzo al mercado.

Entre cebollas, coles y trozos de carnero, voy eligiendo lo que les gustará para comer a cada uno de los míos, pues también a mediodía su apetito es diverso.

Llego a mi casa, la arreglo y preparo la comida. Como por asalto, antes de que todo esté listo, llegan malhumorados o entusiastas.

La niña pide menos cosas, pero generalmente chilla.

Yo me siento como atacada por una turba de bandoleros que me quieren devastar.

Al fin logro apaciguarlos haciéndome treinta manos distintas que los atienden. Ya con sus estómagos semillenos, me piden casi en coro que me siente con ellos. ¿A comer? No, a conversar. No, mejor dicho, a escucharlos; a oírlos a todos a un tiempo.

La niña se sube entonces en mis rodillas y yo ya no tengo alientos ni para impedírselo.

Mis manos han descansado ahora, pero mis oídos y mis ojos tienen también que multiplicarse.

Mis hijos mayores, entre uno y otro de sus asuntos, suelen piropearme. Alaban mi buen sazón, en tanto que mi marido y el que apunta a la medicina me preguntan maniáticos que si no les hará daño la comida.

Yo trato de dejar a todos complacidos, y ya que tengo que hacerlo, procuro sostener mi mejor sonrisa para contrarrestar el panorama de la casa.

La conversación dista de ser un diálogo. Cada uno habla para sí mismo en obsesivo rehileteo de su cuidado. Si se dirige a los otros es para pedir afirmaciones sobre la idea que le preocupa, pero lo cierto es que por contestación solo recibe preguntas acerca del problema del otro.

Así, trenzada de infalibles egoísmos, la comida llega a su fin y otra vez se desparraman todos entre quejas y anhelos.

La niña lloricona vaga de aquí para allá sin encontrar más apoyo que mis faldas. Como por la tarde tengo que seguir remendando la ropa de mi jauría, se lamenta una vez más de que yo no le hago caso. No puede comprender que mi deseo de verla feliz se opaca entre tantos calcetines, calzoncillos, camisas, que remiendo y plancho. Durante toda la tarde tengo, enlazada a mi trabajo, su persistente melodía. Al anochecer, se va fatigando de sus lamentos y entonces yo busco el consuelo de regar mis macetas. Por unos instantes, la sola vista de mis mastuerzos y siemprevivas me devuelve el vigor. Pero casi nunca tengo la libertad de recrearme con su fragancia, pues regresan todos de nuevo.

Parece que se pusieran de acuerdo para llegar a un tiempo. Mi marido, naturalmente, viene anegado en la fatiga y el pesimismo. Mis hijos tienen que estudiar demasiado y mi niña se duerme en el más desalentador estado de ánimo.

Les sirvo la cena. Parece que a esta hora protestan menos, y comen en mayor armonía. Eso da bríos a los muchachos para hablar de amistades y amores, siempre pidiendo mi opinión.

Mi marido, ya para estas horas, es un puro derrumbe; una bodega de lamentaciones.

Mientras los muchachos me preguntan que por qué no estoy alegre, que por qué no los escucho mejor, que por qué estoy cansada, el esposo con quejidos infantiles me pide que le sobe la espalda: dice que se fatigó de tanto estar de pie en el almacén de casimires donde trabaja.

Yo, comprendiendo su fatiga, froto su espalda con alcohol alcanforado.

Cuando doy síntomas de cansancio se irrita y me pregunta que por qué no estoy de buen humor; ¿acaso es poco el dinero que me da?

A veces, mi hija solloza entre sueños; los estudiantes velan hasta muy tarde abismados en sus libros; mi marido duerme entrecortadamente y con frecuencia habla de que le es cada día más difícil ganar el porcentaje en las telas, pues dependientes jóvenes le usurpan la clientela.

A todo esto, voy a descansar a la cama que comparto con mi hija. Pero no puedo dormir. El mismo agotamiento me lo impide.

Entonces pienso que no tengo salida. Que no puedo culparlos porque cada uno es como le tocó ser. Que son mis hijos y mi marido y que debí de haberme echado para atrás hace veinte años y no ahora que ya no tengo edad para empezar una vida sola, ni dinero propio, ni valor para alejarme de ellos. Solamente tengo cansancio, un cansancio que día a día es más profundo y que me nubla los verdaderos sentimientos amorosos que puedo tener por mi familia.

Para descansar un poco quisiera enfermarme. Pero sé que tendrían que cuidarse y que cuidarme.

No. Yo no tengo derecho ni a la más leve gripa, ni a un dolor de cabeza que oculte mi sonrisa. Aunque duerma tres horas cada noche, debo amanecer fresca, fuerte y alegre. Adelante.

El dije

Hoy por la tarde elogiaron el dije de mi pulsera, y sentí alegría. ¡Hace tanto, tanto tiempo que ya nadie me elogia! El hecho de que unas amigas hayan reparado favorablemente en ese globo de oro bruñido que pende de mi pulsera me animó durante toda la tarde.

Me habían invitado a tomar el té e hice el esfuerzo de arreglar mi cara ya sin remedio. Me puse mi mejor traje sastre y una mascada de seda aún no estrenada. Saqué mi única pulsera.

¡Verdaderamente cuántos años hace que nadie se fijaba en mi cara, en mi figura, en mi elegancia!

Cuántos años sin que alabaran otra cosa que no fuera mi simpatía. Sí, mi autenticidad, la manera franca de contar los problemas y mi estéril rebeldía ante ellos. De modo que cuando dos o tres amigas insistieron en que el dije era bonito, yo sentí una dicha parecida a cuando en años atrás elogiaban mis ojos azules.

Y por la noche lloré en la cama ante la congoja de analizar mi vida y sentir qué frágiles habían sido mis atractivos y qué poderosa mi memoria para recordarlos.

Pasé toda la noche con el sueño entrecortado cien veces por la nostalgia ardiente de no tener ya lo que tuve y de no haber tenido jamás tantas cosas deseadas. Me desperté muy tarde para atender mis quehaceres domésticos y el desaliento entorpeció mi habitual diligencia.

Por fin me incorporé a la vida y durante todo el día el dije osciló en mi memoria. A la hora del almuerzo apenas si pude conversar con los míos y ya por la tarde me decidí. Llamé a la mayor de mis nietas y mirando sus ojos azules y brillantes, le dije acariciando una de sus mejillas retadoras: «Quiero darte mi pulsera. El dije que tiene lo alabarán mucho tus amigas. Claro está que nunca lo alabarán tanto como a tus ojos azules».

Ludibria

Realmente Ludibria López era insoportable. A falta de vida propia tenía que roer la de los otros para sentir que su sangre circulaba.

Con el pretexto de que ella era muy sagaz, andaba archivando las deficiencias de sus amistades para construir monstruos más voluminosos que ella misma y así sentirse un ideal ejemplar humano.

Criticaba a igual compás defectos físicos y desarmonías espirituales; pero guardábase de poner en el escaparate de la maledicencia sus propias miserias.

A cada hombre le encontraba el momento tenue en que dejaba de serlo. A cada mujer, el eslabón que la unía con la vejez y con la muerte.

Juzgaba además con cretinismo innato las relaciones confusas que entretejen mujeres y hombres.

La piedad le parecía insulsa. Y la discreción era para Ludibria una pistola sin proyectiles.

Hablar, hablar del prójimo, del prójimo era su razón de ser.

Parecía un oscuro habitante de muladar que acumulara basura y desperdicios para formar una montaña de la que se desplomaba al instante entre su tesoro nauseabundo.

Muchas noches Ludibria, a solas y apoyándole en el insomnio, seguía descuartizando gente en su imaginación. Sentía una especie de regocijo investigador cuando lograba hallar una deficiencia sutil en el espíritu o en el cuerpo de sus conocidos.

Pero de vez en vez, raramente por cierto, se detenía a pensar en su propia persona. Contaba de un solo golpe sus 56 años perdidos entre niñez insulsa, vanidades huecas, egoístas conveniencias y ocios cotidianos. Desfallecía de miedo.

Tocaba con histérica precaución sus mejillas ya ancladas en la muerte y sus caderas inútiles; pasaba revista a sus cabellos nunca abundantes, a su mentón huidizo y a su entrelazado caudal de arrugas. Entonces Ludibria empezaba a caer en el vacío.

Raquel Rivadeneira

Siempre había atraído a los hombres y su tránsito por la vida le permitió sentirse segura con su elegancia desganada, su buen andar y sus miradas ingenuas y prometedoras. Divorciada desde muy joven, jamás tuvo que fatigarse trabajando, e impidió, antes de que abultaran de gordura sus entrañas, todos los hijos que pudo haber tenido.

Satisfecha, vivía oscilando entre sus atractivos y su inconsciencia. Podía consentirse el elegir o desdeñar a los hombres como quien selecciona los tomates en el mercado.

Amigas irresponsables, diversiones llenas de adulación, coñac y humo, amores que iba cambiando tan caprichosamente como sus vestidos envolvieron años y años de su vida, haciéndole perder la noción del sufrimiento y del tiempo.

Pero, de pronto, un día que se asomó minuciosamente a su espejo se le vino encima su vida como una avalancha. Quedóse helada al golpe de sus arrugas y de sus canas.

Raquel perdió súbitamente el ánimo de sonreír y los últimos pretendientes se alejaron ante la fatalidad de sus estragos.

Cayó en la melancolía sorda. Le era imposible resignarse a vivir sin placer, sin elogios, sin amistades.

Algún admirador lejano la visitaba de tarde en tarde en homenaje a los alucinantes momentos que pasaron juntos; pero la trataba con respeto y frecuentemente le confiaba sus nuevas ilusiones.

Raquel, entre cabellos pintados y arrugas graves, sonreía como si fuese la caricatura de sus más radiantes años. El antiguo solicitante, alarmado con sus muecas, huía respetuosamente.

La desdicha acentuaba su decadencia. Pero no se resignaba.

Iba por la calle cimbreándose como en sus mejores momentos y de pronto caía en la cuenta de

que ya había pasado la juventud. Sacando súbita-
mente el espejo de su bolsa, casi tenía que recar-
garse en algún muro para no perder el equilibrio.

No, no era posible que ya no atrajese más. Tenía
que encontrar algún admirador. Y un día ese admi-
rador llegó. Se lo presentaron en una pequeña reu-
nión de amigos y se sintió feliz de que por fin
alguien ponderase sus encantos.

Era una mujer. Mujer a pesar de cuanto había
hecho en sesenta años de vida para disimularlo. La
mirada desertora y el traje seco acentuaban la mas-
culinidad que culminaba en lacio pelo canoso.

Miró a Raquel sombría y ávidamente mientras
duró la reunión. Al despedirse, le indicó que le gus-
taría ser su amiga y le pidió su teléfono. Después
de tanto tiempo de vigilia sentimental, Raquel le
dio el número halagada y temerosa.

La llamada telefónica fue precedida por un ramo
de incendiadas rosas. Más tarde, la cálida amiga salu-
dó a Raquel pidiéndole una cita. Y las flores invadie-
ron día a día el departamento medroso de Raquel.

Se reunían para conversar de la vida de ambas,
pero era Raquel la única que hablaba. Mientras

ella se vertía en las alabanzas de su pasado, como pidiendo disculpas momentáneas porque su presente no fuese tan luminoso, la nueva amiga, por el contrario, exaltaba la personalidad actual de Raquel, haciéndole entender que jamás pudo ser más atrayente. Raquel languidecía ante la droga del halago.

Una tarde su admiradora le trajo un recamado frasco de perfume.

Raquel, que llevaba tanto tiempo sin obsequios, se sintió feliz por unos instantes. La amiga la miraba con sus ojos plomizos que poco a poco iban perdiendo su defensiva frialdad, para tener las más sumisas y enardecidas expresiones.

Creyendo propicio el ablandamiento de Raquel, quiso darle un beso en la mano. Raquel se la extendió sin reticencias.

Las visitas y los obsequios fueron en aumento y, una tarde de incontenibles nostalgias, Raquel conoció los amores equívocos.

Al caer en la cuenta del paso que había dado, sintió repugnancia, pero pronto su amiga la calmó cobijándola de flores.

Siguiéronse tratando solapadamente, ya que Raquel exigió silencio y recato. Mas la confianza y los aumentados obsequios hicieron que la amiga demandase con frecuencia el íntimo acercamiento.

Raquel, que podía soportar alejadamente y como en sueños esos trances equívocos, se rebeló ante la insistencia de su amiga.

La repugnancia le dio valor para enfrentar de nuevo su soledad. Pensó que aunque nunca volviese a salir del túnel de los olvidos, jamás volvería a ver a esa mujer con cuerpo de nodriza devastada.

Le dijo que todo había sido en ella una curiosidad malsana y que solo le podían gustar los hombres. Su amiga, con la más entrañable gentileza, se alejó emboscada en sus solapas sin esperanza.

Raquel sintió que su atmósfera se esclarecía y miró desdeñosamente el frasco de perfume agotado.

Pasaron días y semanas. Las últimas flores obsequiadas se habían marchitado. La casa de Raquel fue acumulando el vacío y una noche desesperada telefoneó a su amiga. Ella acudió sin demora, y Raquel se conmovió al mirarla. Después de todo, ¿qué importaba que no fuese un hombre? Era tan educada, sabía oírla como nunca nadie lo hizo y tenía unas manos…

Juraron no abandonarse más, y al día siguiente Raquel tenía su casa tibia y aromada. Mientras duró la fragancia de las flores Raquel sonrió como una adolescente; pero volvieron el hastío y la repulsión como vuelven las temporadas de lluvia.

Mientras Raquel se odiaba porque esa mujer la hubiese impregnado con sus abundantes carnes, la amiga cruzaba túneles de desesperación ante la postura distante y esquiva que adoptaba Raquel.

Con mansedumbre ejemplar, volvía a escuchar que todo había sido por simple curiosidad, que ella, Raquel Rivadeneira, acostumbrada al deleitoso trato de los hombres, nada tenía que hacer con una respetable señora que debería dedicarse a cuidar a sus nietos, en caso de tenerlos.

Cuando el asco invadía a Raquel como las aguas a un ahogado, alejaba de su casa a la amiga entre estertores de valentía.

Sí, la soledad y la vejez sola o hasta la propia muerte, pero jamás reincidir en esa pantanosa relación; jamás volver a despertar y ver cerca de ella a esa mujer ajena a su sangre y henchida de deseo.

La despedía sin piedades y al cerrar su puerta pensaba que por fin se abriría para ella una vida llena de limpieza y tranquilidad.

Pero el tiempo conspirador pasaba y Raquel volvía a amortajarse de soledades y, devastando sus principios, imploraba a su amiga que de nuevo viniese a visitarla.

La candelabro

A Dolores Puche

Delgada como un candelabro de buen gusto, tuvo el valor de ser madre.

Al nacer su hijo, nació en ella el amor hacia todos sus semejantes y se afinaron más aún su espíritu y su cuerpo.

Vibraba ante todo lo que tuviese vida: ante un pájaro revoloteador como calidoscopio colorido, ante un búfalo del zoológico que levanta sus pesanteces como si removiese siglos de lodazal; ante el mosquito que gira su solitario planeta alrededor de un foco.

Se embelesaba ante la armonía de las estrellas y la verdura vibrante de las hojas; ante los niños desnutridos y los rollizos bebés enfundados en el barroquismo de sus estambres. Se estremecía pensando en el sensitivo núcleo de las amibas y en la torpeza ancestral y terrosa del rinoceronte.

Pensar en los otros era sentirse ella misma, y la muerte le parecía tan sencilla como ceder el asiento en un vehículo público.

Vivía la vida llena de vibraciones y ternuras. La palabra se disolvía en sus labios cada vez que sus ojos reflejaban a un viejo, a un enfermo, a una niña, a un enamorado, a un entusiasta, a un creyente, a un blasfemo, a un tímido, a una histérica, a un sumiso, a un sublevado, a un pordiosero, a un enriquecido, a un retrógrado, a un loco, a un difunto... A su hijo.

La cómplice

Lo he ocultado años y años. Nadie puede sospechar ni remotamente de mí. Me vieron llorarlas, y como siempre las he recordado con entrañable ternura, no ha habido quien pueda maliciar nada malo en mi conducta. Hoy, después de siete años que se fue la última, tengo que confesarlo en este papel. ¡Buen cuidado tendré de que nadie lo lea!

Sí, en menos de año y medio, Eugenia, Virgilia y Rosario... Eugenia estaba desesperada: tenía meses y meses luchando por restañar las heridas adultas que le había legado su último amor. Su belleza de china desolada se iba alejando de ella, y ya era una pajarita pálida y circundada de ojeras. Lo que más le dolía no era el saberse desdeñada por su amante, era el mentir que por haberlo buscado cada vez que la soledad y la nostalgia la carcomían, su decoro iba rebotando como una piedra que cae sin fin en el vacío.

La mayoría de sus amistades, mejor dicho, de sus íntimas enemistades, que siempre envidiaron sus atractivos y su finura legendaria, la fueron abandonando al ritmo de sus fuerzas.

Algunas la siguieron visitando, felices de compadecerla ignominiosamente…

Sin asidero en que apoyarse, Eugenia envejecía antes de tiempo, y lloraba y lloraba sin encontrar el horizonte.

Solo contaba conmigo, y fue más rotunda su congoja que mi posibilidad de ayudarla.

Por eso…

Virgilia había llegado a la frontera del pesimismo.

Su nacarada piel de siempre amaneció un día inexplicablemente manchada. Dos mapas como pieles de leopardo aparecieron en sus mejillas. Alarmada, visitó médicos y consejeras de belleza. Inútil. Las manchas desaparecían solamente para cambiar levemente de sitio.

Virgilia, coqueta definitiva, se envolvió en mascadas, paredes y soledad. Violentando sus economías, pudo recurrir a especialistas extranjeros. Todos la reconocieron, pero su piel día a día se jaspeaba de jungla. Ella también me lo explicó todo...

Rosario no vivía: moría desde que supo que su novio era casado. Inútil fue cuanto hizo por querer a otros pretendientes. Todos le parecían adocenados e insulsos. Prefirió permanecer virgen y la vida la fue cincelando en amargura. Quiso interesarse en estudios filosóficos, pero por mucho que los altos temas la embriagaran, el peso de su soltería y de sus nostalgias la fue debilitando hasta el punto de que ya no deseaba ver ni a la gente ni a la luz ni a los árboles. Abandonó los estudios y tomó como sola profesión el desaliento. De vez en cuando reaccionaba para caer más profundamente en su laberinto de desconsuelos. Por fin, un día se decidió, y ante su lógica aplastante, yo la ayudé como a Eugenia y a Virgilia.

Las tres murieron. Me dolía verlas padecer; que Eugenia buscara en vano a su amante, que Virgilia no se desmanchara nunca y que Rosario naufragara en soledad. Yo no podía hacer otra cosa. Mi amistad, aunque íntegra, era demasiado tenue junto a sus padecimientos.

El paso más duro lo di con Eugenia. Mucho medité para llevarle el remedio. Todavía antes de tomarlo, agradecida, llamó por teléfono para despedirse de mí.

Con Virgilia ya no tuve tantos titubeos. Aún recuerdo sus grandes ojos cercados de manchas cuando, abrazándola, le dejé el frasco inexorable.

Con Rosario procedí sintiendo que ejecutaba una fría obligación. Su agradecimiento opaco me quitó todo remordimiento. Sabía que al entregarle su muerte pronto iba a dejar muy atrás su amargura.

Hoy han pasado siete años desde que ayudé a la última de mis amigas.

Con mi prestigio y discreción, ¿quién puede sospechar nada? Solo este papel conoce mi mortuoria ternura; y para que ni aquí quede la constancia de esa ilimitada comprensión, ahora mismo romperé estas páginas en las que he contado el fin de Eugenia, Virgilia y Rosario, que afortunadamente han dejado ya de sufrir.

La enferma

Positivamente se arqueaba volviendo el estómago a causa del pescado dañoso que cenó.

La enfermera no cesaba de ir y volver al cuarto de baño con toallas y palanganas.

La enferma dejaba la vida entre convulsiones y náuseas.

La enfermera, de tan alarmada, ni siquiera pensó en llamar al doctor.

La magnesia y los tés de yerbas habían sido arrojados antes de provocar algún beneficio.

La enfermera tuvo miedo de darle más medicinas y sin mayor fe para encomendarse a Dios se cobijaba en la esperanza de que la enferma reaccionara sola. Seguía acarreando toallas y padeciendo la noche.

El pulso de la intoxicada pareció serenarse, pero los vómitos continuaban.

La enfermera estaba exhausta de tanto ir por toallas y bandejas.

El pulso tomaba un buen ritmo. Las náuseas cedían. La enfermera comenzó a tranquilizarse. Sentada junto a la cama aguardaba las reacciones favorables.

La enferma demolida se fue tranquilizando y la enfermera dio por terminada su labor. Se metió entre las sábanas y pensó profundamente: «¡Qué duro es vivir sola y ser a un tiempo enferma y enfermera!».

El pescado

En su carne de pescado blanco llevaba para siempre estampada la lujuria.

Desde sus entrañas la madre lo deseó mujer, y nació propenso a la sonrisa estéril y a la mirada tendenciosa.

Su niñez llena de lazos color de rosa fue equívoca, y su adolescencia plagada de mimos, retobos y noches lacrimosas.

Al fin se enfrentó con el amor, y un militar hizo que sus sienes quedaran como magullados lirios de tanto darse contra los barrotes de su lecho por la indiferencia que el soldado le profesaba.

Sin embargo, se trataban con alguna frecuencia. El joven militar, ignorante y plebeyo, propendía a distraerse con las pláticas ingeniosas e instructivas de su lánguido pretendiente. En cambio, la voz retozona y amuñecada lo ponía fuera de sí.

Con repugnancia apenada, oía frases como estas: «Cerca de ti me siento protegido», «Cómo me hubiese gustado que fueras mi padre», «¿Verdad que nunca me quitarás tu amistad?».

Quitársela no. Porque al fin y al cabo se trataba de un ser humano; pero tampoco dársela más allá de la frontera de una mesa del café.

Una tarde el cadencioso mancebo llegó llorando a reunirse con el amigo. Le llevaba los poemas que el uniforme de gala le inspiró en noches de insomnio. El militar comenzó a perder la calma y la conmiseración: «¿Qué pretendía ese amarillento cabo de cirio?».

«Tu amor, solamente tu amor, vida en mis venas; tu implacable amor…, aunque me mates».

Perdiendo la piedad y el equilibrio, el soldado salió del café amoratado de vergüenza.

La criatura pálida se fue balando tras él, adornada de lágrimas. En una mano agitaba sus endecasílabos como blanca bandera de perdón.

Al llegar a una esquina el cadete se detuvo, tomándolo de un brazo.

La criatura sonrió con malévolo regocijo. Por fin, por fin su amor, su adoración, se dignaba tocarlo; tocarlo con sus manos tan grandes, tan crueles. Tan enloquecidas, que no repararon en que se hundían dañosas triturando los huesecillos emboscados en esas carnes de pescado blanco.

La pétalo

En su féretro de lujo reposaba con una belleza de pétalo marchito y de virgen medieval.

Veinte años había estado paralítica y su sangre se fue secando sin sobresaltos.

Su enfermedad empezó cuando la única hija de su viudez le participó su futuro matrimonio. No dijo una sola palabra; la miró con ojos de eternidad y ya no volvió a moverse.

La muchacha pospuso la boda y el pretendiente, fatigado de sucesivos aplazamientos, fincó su amor lejos de la suegra paralítica.

Ella se dedicó a cuidar a su madre con agrio misticismo, renunciando a la juventud de goce y exaltamiento.

Cada día pasaba horas encadenadas tratando de descifrar los balbuceos de la enferma que, al irse secando, iba perdiendo el habla. Inerme ante su deber filial, olvidaba todas sus posibilidades de vida para prolongar la enjuta agonía de la madre.

Había entre ellas como un pacto tácito de paralela consunción, pues al mismo ritmo se iban apergaminando las carnes de la madre y las esperanzas de la muchacha.

Cuando la hija estaba en los albores de la decadencia, la madre murió después de varias horas de verla con una mirada que parecía eslabonarla a su propia muerte.

La hija, llevando al deber hasta ociosos extremos, consumió sus ahorros en las pompas fúnebres.

La veló durante una madrugada, un día completo y una noche toda. La veló pegada al féretro abierto y mirándola fija e incesantemente. Mirándola, como si le devolviese para siempre su mirada de eternidad.

La abandonada

Unté sobre mi cuello, mis brazos y mis hombros casi media botella del perfume más fino. Mi vestido y mis adornos costosos y juveniles me reanimaron unos instantes frente al espejo que señalaba uno por uno los surcos lívidos de mis ojeras.

Mi primo vino a recogerme y fui a la fiesta.

De nuevo me alegré momentáneamente entre aquella concurrencia sonriente y alhajada. Parecían felices y me senté en una mesa a observar, a pensar y a engolosinarme con la fragancia lujosa de mi perfume. Comencé a divertirme.

Todas aquellas mujeres bien pintadas, con joyas llamativas y grandes escotes, sonreían por igual entre ellas mismas y a los hombres elegantes y acicalados que besaban incesantemente manos y mejillas.

Hablaban de proyectos teatrales y cinematográficos y alababan mutuamente sus peinados, sus atavíos y sus rostros.

Yo me estaba divirtiendo. El humo iba opacando el ambiente y se me fueron esclareciendo los pensamientos.

Me di cuenta de que todas las alabanzas que se prodigaban esas mujeres eran de una falsedad más dramática que las pestañas postizas de muchas de ellas y que el pintarrajeo en las caras de todas.

Comencé a entristecerme y el perfume que me envolvía fue perdiendo su hechizo. Saqué el espejo para mirarme, pero la oscuridad de ese restorán, entrecortada por lámparas rojizas, alteraba mis facciones.

Mi cara no me dio respuesta alguna y me puse a pensar.

De un mes a esta parte no había hecho sino tomar pastillas de barbitúricos para sosegar mi congoja. Pasé días y días semidormida, sin querer afrontar mi desgracia.

Veía a esos hombres, muchos de ellos ya calvos y ajados, atender a las mujeres llenos de admiración. Ellas seguían su hipócrita charla sin sentido.

Esa mañana yo había despertado consciente a la vida, y cuando mi equívoco primo me dijo que sus amigos daban una fiesta a varias actrices, acepté curiosa de conocer aquel mundo olvidándome del mío.

Después de veintiún años casada, mi marido me comunicó fría y cortésmente que quería el divorcio; que estaba enamorado de una norteamericana joven y que esa misma tarde iba a dejar para siempre de vivir a mi lado. Incrédula, paralizada, ignorante, amotinando esperanzas, le pedí explicaciones. Correctísimo y rotundo me dijo: «Solo hay una. Estoy enamorado de otra mujer, y a ti, perdóname, ya no te quiero».

Ordené a mis sirvientes que hicieran sus maletas, y me despedí de él educada y muerta.

Ese día comencé a tomar las pastillas.

Por las noches, en la cama, extrañaba su cuerpo con angustioso delirio. Ya nunca, nunca lo tendría cerca de mí.

Sobre su almohada dejé las lágrimas de mi vida.

Ver bailar a esos hombres y a esas mujeres me parecía una farsa inicua, y con un coctel en las manos me reía para mí misma entre ese desfile de falsedades.

Pensaba en mi marido, y extrañamente, no lo odiaba; no había podido odiarlo ni siquiera la noche en que me dejó.

Naturalmente que no podía estimarlo, pero lo disculpaba entendiendo que la juventud airosa de la norteamericana lo defendió del horror de mi decadencia.

En el entresueño sonriente y amargo de las pastillas volvía a estar cerca de él. Sentía sus caricias más suaves que un viento inesperado y el peso de su cuerpo sobre el mío como la única lápida gloriosa.

Al ver a esos hombres y a esas mujeres sentí que la vida era un interminable enlace de convivencias tortuosas y de soledad lastimera.

Mi perfume empezó a hacérseme odioso y sentí la necesidad de irme. ¿Adónde?

¿A mi casa vacía?

El recuerdo de mi marido estaba en todos los cuartos, en cada silla, en cada sofá; como saliendo de cada puerta. Me parecía verlo por todos lados en la más impía de las multiplicaciones; cuando estuvo a mi lado era un solo hombre que cambiaba de lugar, que iba del comedor a la biblioteca, de la biblioteca a la sala; desde que me abandonó eran cientos de hombres estáticos en todos los lugares de la casa.

No, yo no quería ir después de ese baile de muertos al laberinto de mi casa.

Pedí a mi primo que me pusiera en un coche, y ya no tuve otro remedio que tomar las pastillas que llevaba en mi bolsa. Así me atrevería a volver a mi casa.

Las interminables presencias de mi marido se harían cada vez más tenues, y yo dejaría de oír sus palabras de despedida, esas que reprocharon para siempre mi falta de atractivos.

La universo

A Mireya Cueto

Era una tarde en que el aire estaba de su parte. Iba caminando. ¿Caminando? No, volando, pues la levedad de sus pies presurosos apenas tocaba el suelo. Sonreía a todas las cosas del cielo y a los tendederos de las azoteas. En todo estaba el fulgor de la vida porque en su pensamiento abolía esa tarde la desconfianza y la angustia. Se sintió de pronto rodeada por un conjuro de perfecciones; muerte y vida se aliaban gloriosamente para provocar la eternidad; la palabra *dolor* era un antifaz ingenuo que se destruiría al toque de la conciencia. Pensó en sus padres, en sus abuelos desconocidos. Su risa naufragó de pronto. Pensó entonces en sus hijos, esos dos niños hechos de fragancia y de ternura, y su paso por la tarde tuvo el brillo de todos los soles del universo.

La solitaria

Al despertar, ya caído el mediodía, se quedaba mucho tiempo en la cama sin resorte para levantarse. Al fin se sentaba en la orilla quedándose más de una hora mirando el suelo y las paredes. Después empezaba a rondar por su departamento.

La vieja criada solamente venía dos veces por semana, de modo que la mayor parte de los días estaba sola. Iba y venía por el enjuto recinto, sin planes preconcebidos. Entraba en la cocina, pelaba un plátano, empezaba a comerlo y se tocaba, se tocaba sus muslos húmedos de noche y de deseo. Volvía a la recámara, de nuevo se sentaba en su lecho, sobaba su camisón rosa veteado de grises y volvía a tocar sus muslos. Complacidamente frotaba su piel velluda y, vaciada de pensamientos, se complacía en su tarea. Después de un rato de monótonas caricias, volvía a la cocina. Recogía la cáscara de plátano y distraídamente la llevaba a la ventana de su grasienta salita. Vacilaba entre echarla a la calle o dejarla sobre una silla. Por fin la arrojaba al suelo.

Apoyándose en la ventana, observaba los vidrios quebrados de la casa de enfrente; una nube desalentada que cubría al sol; el pasto ralo que misteriosamente crecía cerca de una alcantarilla. Y volvía a frotarse, a frotarse con sorda avidez.

Pensaba vestirse, ir a la calle, a un mercado; pero seguía rascándose y el tiempo pasaba.

De pronto, le venía un pensamiento. Iba a su cuarto, y en la cómoda que conjugaba su desaliño con el resto de la habitación, encontraba unos pesos; se tranquilizaba y salía de la alcoba rascándose de nuevo.

Otra vez a la ventana, de nuevo a la cocina. En la última manteca freía malamente un huevo y un residuo de frijoles. Se sentaba en un banco y proseguía tocándose hasta abrir la boca, idiotizada.

Comía sin apartar una mano de su torva ocupación, y una vez más iba a su cama a sentarse, una vez más, en ella.

Hundiéndose en la nada, vivía una tarde de paralíticas negaciones. Solamente su rascarse monótono. Cuando la luz iba menguando aceleraba sus caricias con más libertad en la agónica penumbra. Al fin, encendía una lamparita desteñida, y sin dejar de tentarse, iba a la cocina por un pedazo de pan. Otra vez a la ventana, a la calle ya negra, y de nuevo a su cuarto.

Antes de acostarse, repetía la misma postura contemplativa: el techo, el suelo, las paredes... Malamente extendía las cobijas, y al fin se acostaba para soñar sin reticencias.

Semidormida, palpitante, apagaba la luz.

La sucia

—¿Y qué te dijo el médico?

—Que debo hacer un esfuerzo por bañarme; que lo haga cada día; que es síntoma de egoísmo imponer mi falta de aseo a los demás.

—¿Y...?

—Y yo no puedo, no quiero bañarme.

—Pero...

—Pero a ti me puedo confiar. No puedo hacerlo porque me siento sola. Hace tantos años que vivo sola..., que ya no me da la gana de hacer un esfuerzo. Y bañarme implica que con las pocas comodidades que vivo tenga que molestarme en preparar mi baño. Además, te voy a confesar algo...

—A ver, dime.

—Es que me he desacostumbrado tanto al baño, que ya me da como miedo el agua y...

—Y tienes que hacer un esfuerzo. Justamente porque te quiero te digo que tu desaliño…

—Sí, sí, tienes razón. Pero te voy a decir algo más, algo que solo a ti me atrevo a confesar; porque sé que nadie me lo entendería.

—Anda, pero cálmate, no llores… ¿Qué es?

—Es que toda la gente se burlaría, se horrorizaría de mí…, es…

—¿Es qué?

—Que vivo tan sola, que a veces mi olor ¡perdóname!, me… ¿cómo te diría…?, me…

—Anda, no te apenes.

—Me… te lo confieso… Sobre todo por la noche, mi olor, como que me acompaña, como que hace que yo sienta que no estoy… tan sola como creo…

Rosalba

Cuando conocí a Rosalba supe mucho de mi muerte. Nos hicimos amigas desde las primeras palabras, y en sus ojos azules y directos yo veía reflejados los míos.

Por admirar su piel tostada comencé a tomar el sol y avivé mis cabellos para igualar el resplandor de los suyos. Absorta ante su enlutada elegancia, pensé que al llegar a su edad yo podría vestirme como ella.

Me dio por observar sus arrugas, como si me mirara en un espejo futuro. Íbamos juntas a paseos y reuniones y todo el mundo notaba inmediatamente nuestro parecido.

Yo me sentía halagada cuando alguien elogiaba la otoñal belleza de Rosalba, sabiendo que todavía me faltaban quince años para igualar su edad. Y si ella estrenaba un vestido suntuoso yo refugiaba en él, prematuramente, mi perdida juventud.

Demasiado joven para ser mi madre y muy grande para hermana mayor, Rosalba me hacía sentir vivamente cerca de ella los últimos destellos de mi lozanía.

Los años que me aventajaba eran como un puente melancólico entre mi madurez y el comienzo de su decadencia.

Cuando Rosalba estaba fatigada, yo me descomponía. El hecho de que bajo sus ojos se acantilara la vida en surcos alarmantes me desasosegaba.

A veces, al atardecer, los labios de Rosalba se veían aureolados por un dejo de lasitud. Yo la observaba; y tiernamente le preguntaba por su salud. «Es que ya no tengo por qué vivir. Para quién vivir…», me respondía con dulzura.

Y yo reposaba en silencio los diversos intereses que componían mi vida, recordando melancólicamente que ya no eran tantos como en años pasados.

Un día, una tarde mala, Rosalba se enfermó. En sus ojos azules se estabilizó la tristeza, y el dejo de los labios acribilló su rostro.

Yo la acompañaba, ¿la acompañaba? Me acompañaba a mí misma durante las tardes en que Rosalba aún podía hablar.

Expresamente, y a pesar de sentirme hurtadora de algo, componía mi figura con gran esmero para visitar a mi amiga. Mis mejillas luminosas contrastaban gravemente con el apagado rostro de Rosalba, que dulce con todos, guardaba para ella sola la triste certeza de saberse perdida.

Yo sufría por ella. Pero más profundamente sufría por mí.

Al alejarse de Rosalba la semejanza que nos unía, se acercaba el fin de ella y el comienzo de mi propia decadencia.

La agonía llegó en una tarde abrumadora.

Los ojos de Rosalba no se apartaron de los míos como si quisiera legarme para siempre el azul de sus pupilas.

Y mirándome así se fue camino del olvido, esa tarde en que mis manos ardientes se helaron en el mármol de su última caricia.

Durante el velorio me dediqué a observarla.

En su caja de rasos grises los párpados serenos protegían aquellos ojos ya sin cielo. Las facciones habían recobrado una juventud marfilina y por entre los labios parecía como si la muerte hubiera devuelto a Rosalba la sonrisa que a mí todavía no me ha quitado la vida.

Margarita Montescos

A los 69 años y siete meses con algunos días, Margarita Montescos anocheció deliberadamente su habitación.

En sus lámparas veladoras puso lánguidas luces azul y violeta que junto con los cortinajes amortiguaron el sol de la tarde.

Una fresca bata blanca la acompañó hasta su lecho de linos desde donde llamó a su sirvienta.

Lociones, cosméticos, avivantes de ojos y un gran espejo de mano hicieron lo demás.

Por un instante se vio fija en la luna y sonrió amarga y desdentada.

La sirvienta trajo en un vaso la dentadura que llenó las mejillas de Margarita y otra vez en el espejo suspiró la esperanza.

Su reloj de pulso orlado de brillantes, y el de su buró, y el de su vestidor, y aquel de la sala, el cucú

del comedor y el gran péndulo del vestíbulo mar-
caban las cuatro y media de la tarde.

Margarita ordenó a su criada estar alerta.

Los once minutos de tardanza fueron en el co-
razón de Margarita como paletadas de tierra en un
sepulcro.

Pero sonó el timbre musical y joven del zaguán,
y Margarita, incorporándose en su cama, se ilumi-
nó con rubor adolescente.

La criada precedía a Arturo López con emoción
paralela a la de su ama.

Frío, elegante sin esfuerzo, y con una mirada
entre compasiva y calculadora, López besó la mano
de Margarita y se sentó a su lado.

Ella lo miraba con expresión de niña incendia-
da y sus labios sin sangre aflojaron todas las arru-
gas del rostro.

Arturo acarició la seca rama del brazo, cautelo-
samente.

De los ojos de Margarita salían astros, selvas,
mares; salía toda la creación. De sus labios raídos
solamente un: «¡Por favor, por piedad, aunque sea
la última vez!».

Arturo trataba de calmarla, y por piedad y repulsión no podía ser tan cínico como de costumbre.

Sonaron las cinco y tres cuartos en los relojes, y Margarita se enderezó mirándolo con ojos de agónico deseo: «¡Una vez más, Arturo!».

Y el brazo, como una rama seca, agitaba su desahuciado ruego.

De pronto, serenándose y recobrando su habitual postura de señora buscó su bolso de gamuza.

«Mira, fuera de esta casa con sus muebles, aquí está toda mi fortuna». Sus dedos, raíces ya de subterráneos mundos, sacaron el oro con titubeos artríticos.

Las monedas titilaban al compás de sus ojos. No había más que ojos y monedas. La mirada de Arturo contribuía a esa borrachera de soles.

Margarita, balbuceante, ofrecía su tesoro en actitud de rito. «¡Por piedad, por tu vida, por la mía! Olvida mis arrugas, perdona mis carnes lacias y tómame una vez más».

Arturo oscilaba entre dos glaciales pensamientos. Esa mujer, ese oro.

Su conciencia de invernadero tuvo un instante de calor humano y por primera vez se batió en su pensamiento la palabra *respeto*.

Pero Margarita, sin tener compasión de ella misma, proseguía: «Como si fuera la primera vez que estuvieras conmigo, como si yo fuera una virgen…».

Arturo midió sus fuerzas y con toda calma guardó el dinero en su cartera. Y se hundió en Margarita como un fogoso marino en una barca devastada.

Media hora después salía de la habitación acribillado por los gérmenes caducos de Margarita.

Los relojes marcaban el atardecer inexorable.

Margarita se quedó en su cama recordando todos los momentos supremos de su vida. La pérdida de la virginidad: festín de rojos, aullidos y carcajadas.

Después, ese vagar por recintos exóticos llenos de pebeteros, figuras chinescas, piscinas privadísimas de sumergidas luces multicolores y lechos con asombrado cielo de espejo.

Por esos bares de bebidas opalinas en donde se colaba algún vendedor de celuloides japoneses alentados por el clandestinaje de la cocaína.

Las citas a horas borrascosas para asistir a lugares llenos de incongruencias amorosas.

Recordó la procesión de amantes que había tenido, y al irlos contando, sus rostros variadísimos se le venían a la memoria como un tropel de lobos confundidos.

Y quiso repetir sus nombres, y en total confusión solo acertó a recordar a un licenciado - diplomático - torero - actor - poeta - psiquiatra - gringo - millonario - chileno - ocioso, de ojos voraces y belfo babeante.

Sonrió con levedad de ceniza removida.

Pudo integrar en su recuerdo a aquella Margarita de treinta años que aún soñaba en hallar, por eliminación, al hombre de su vida.

A Margarita de cuarenta, espléndida, maliciosa y ya ubicada en el escepticismo amoroso; sabedora de su decadencia y maestra en el placer.

Margarita a los cincuenta años, todavía bella y joven por la magia de los cosméticos y los arrebatos carnales. Pero ya llenando su casa de flores y vinos costosos para tener una muelle celosía entre su desastre interior y sus intrépidos admiradores.

Y Margarita a los sesenta años: un valle de polvo resguardado por su casa lujosa y por la armonía ininterrumpida de los relojes.

De allí en adelante, el gotear del tiempo fue para Margarita un solo reloj de arena, de imágenes que se vaciaba en sus espejos llenos de ella misma.

Y de vez en vez, la visita de Arturo.

Al principio llegaba cada semana y cenaba con ella, acompañándola hasta el amanecer.

Apenas se iba él, Margarita empezaba a planear la cena futura y llegaba a poner por las noches la mesa lujosa, imaginándose el próximo encuentro. Al final del insomnio, levantaba sus manteles para no alarmar a la servidumbre.

Pero las visitas de Arturo se fueron alejando y fue necesario, para no perderlo del todo, recurrir a los caudales guardados con esmero.

Las cenas dieron el paso a meriendas opíparas en donde Arturo no tomaba más que el postre, el cheque que Margarita deslizaba junto con el beso de adiós.

Y ella, entre espejos y relojes, concebía nuevos planes para volver a tener la luz en sus entrañas caducas.

Esa tarde supo que todo había terminado.

Sonó el timbre y pidió gentilmente a su sirvienta un vaso para colocar su dentadura.

Con la boca vacía se quedó profundamente dormida, como si hubiera caído hasta el fondo de su última sonrisa.

Índice

Esta obra se terminó de imprimir
en el mes de agosto de 2024,
en los talleres de Grafimex Impresores S.A. de C.V.,
Ciudad de México.